Mozart
on the Way to Prague

Eduard Mörike

莫札特,
前往布拉格途中

Mozart on the Way to Prague

伊都阿·莫瑞克 /著　陳蒼多/譯

目錄
CONTENTS

莫札特，前往布拉格途中
英譯者序

對英語讀者而言，伊都阿‧莫瑞克（Eduard Mörike）這個名字最為人知道的乃是：他是伊騰堡（Württemberg）前牧師，所寫的詩曾激發舒曼（Robert Schumann）、布拉姆斯（Johannes Brahms）、羅伯‧佛蘭茲（Robert Franz），尤其是雨果‧吳爾夫（Hugo Wolf）的靈感，促使他們寫出很多可愛的歌曲。莫瑞克寫精緻的詩；他研究年輕藝術家，寫出《畫家諾爾登》（Maler Nolten）一書，流露出自己的思想；他也寫可喜的書信──這一切都為德國文學愛好者所熟知。在他自己的國家中，這篇作品《莫札特，前往布拉格途中》已經成為經典。

從很年輕的時候，這位德國斯華比亞地方（Swabia）的詩人就熱心於音樂，尤其是熱衷於莫札特（Wolfgang Amadeus Mozart）的音樂。借用德語中意味深長的用詞，莫瑞克樂於「讓自己活在」這位作曲家的生活與時代之中，在想像裡把自己投射進他的個性中，以自己的觀點研究他的創造過程。雖然這篇作

品《莫札特，前往布拉格途中》要一直到一八五五年才出現，但有關這部作品的想法卻早在一八四七年就出現在莫瑞克腦海中，當時他寫信給一個朋友說：「我就是無法相信我可能寫出一本真正有趣的莫札特傳記。其實，根據他的生活寫出片段的想像性作品——就像你一度有過的想法，會是比較令人滿意一千倍的結果。」這個主題不時占據莫瑞克的注意力。一八五二年的夏天，他把坐馬車到溫謝姆（Wimsheim）治病的經過寫信告訴妻子說：「我們沿著美麗的道路前進……發覺涼爽的空氣很有益身體，我們各自安靜地專注於愉快的沉思中……在看到魯特斯赫姆（Rutesheim）這個地方時，由於我正追逐所要寫的小說的意念，有關莫札特的意象就強力地流入心中……有一天妳將會從『銀製長號』中認出這些意象，妳必須將它們跟妳心中的那個段落結合在一起。」

　　因此我們看出，其中一個段落也許是這篇故事中最美妙的部分，且在某種意義上形成這篇故事的高潮，

那就是對於《唐喬凡尼》（Don Giovanni）最後一幕的描述。這個段落從一開始就存在於他心中，繼續圍繞著對莫札特的天才的這種高貴禮讚，建構出「這位藝術家的個性圖像」。莫瑞克的目標就是要呈現這個圖像，這一點我們從莫札特誕生五十周年紀念時，莫瑞克寄給巴伐利亞國王麥錫米連二世（Maximilian II）一封信並附贈上這篇故事可以看出來。同時，這個段落也向讀者暗示一件事，那就是：「儘管氣氛透露強烈的歡樂，或者說，就因為氣氛透露出強烈的歡樂，讓人們感覺到一種情緒的憂鬱。」

經過多次中斷後，這篇故事逐漸成形，莫瑞克終於能夠向詩人希奧多·史篤姆（Theodor Storm）和其他優秀的鑑賞家朗讀這篇作品。一八五五年的七月和八月，這篇故事以連載的方式在柯塔（Cotta）的《明日報》中出現，同年年尾又以小冊子方式呈現，省略了原稿中很大的一部分。

這篇故事多次涉及莫札特生涯中的一些事件，所以

我們最好簡單地加以回顧。故事始於一七八七年的秋天，當時莫札特的歌劇《費加洛婚禮》（Le Nozze di Figaro）因為他的敵人施加詭計，在維也納沒有獲得成功，其中最有名的敵人是「歌劇院」的指揮薩里耶利（Antonio Salieri），他讓皇帝約瑟夫一世（Josef II）言聽計從，鼓勵他聽較輕巧類型的義大利歌劇。儘管如此，《費加洛婚禮》還是在布拉格的「歌劇院」感動很多人，所以莫札特受邀創造另一部作品，結果就是《唐喬凡尼》的出現，歌詞跟《費加洛》的歌詞一樣都由達‧龐提（Lorenzo da ponte）所寫。莫札特的音樂再度在布拉格獲得成功，但最初在維也納卻不怎麼成功，據說皇帝曾在維也納說，這部歌劇是「美好的維也納人的牙齒所無法忍受的」。莫札特的作品確實遭遇嚴酷的對手，諸如現在為人遺忘的加泰隆人文生‧馬丁‧Y‧索拉（Vicente Martin y Soler）所寫的《罕見之事》（Una cosa rara），或者薩里耶利所寫的《塔拉爾》（Tarare），後者的歌詞就像《費加洛》的

歌詞一樣，所根據的是博馬舍（Pierre Beaumarchais）
的一部作品。一直到一七八七年末，莫札特以不只是
室內樂作曲家身分所寫的作品，才獲得皇帝正式的認
同。此時，他沒有繼承格拉克（Christoph Willibald
Gluck）死後所遺留下來的第二指揮的空缺，而是被指
定為皇帝的私人排字工人，借用他尖酸的說詞，所領
的薪水：「就我實際生產的東西而言是太多了，但就
我所能夠生產的東西而言是太少了。」

在這篇故事中，莫札特跟妻子乘坐馬車，要到布拉
格演出尚未完成的歌劇。他們在一座村莊停留，莫札
特漫步走進當地一位要人的宅邸，在心不在焉的情況
下從一顆具有浪漫歷史的珍貴橘子樹上摘下一顆橘子。
這個幾乎會演變成不幸結局的事件，反而使他認識伯
爵的家人，並藉由一連串的聯想，向他暗示他歌劇中
的一段旋律。在這間十八世紀的歡樂之家的愉悅背景
裡，置身在有教養、親切、喜愛音樂又非常支持他的
貴族之中，莫札特為他們演奏了《唐喬凡尼》嚴酷的

最後一幕，結果觸動了一種更嚴厲的氛圍。這位作曲家的死亡有其徘徊不去的徵兆，而這種徵兆像一種陰沉的伴奏，穿越所有的音樂、歡樂、笑聲以及滑稽與浪漫的插曲和軼事，最後故事在一種命定與悲傷的氛圍中結束。

　　論者認為，這篇故事包含太多純傳記的成分，無法與空想和想像的因素充分融合在一起。但是，為了呈現男主角完整的風貌，莫瑞克似乎意圖從內在和外在兩方面來觀照他。雖然莫瑞克在這篇故事完成之前，並未閱讀尼森（Georg Nikolaus von Nissen，康絲坦澤‧莫札特夫人的第二任丈夫）所寫的莫札特傳——他坦承部分是因為懶惰，但部分是歸因於一種「本能的焦慮」，不想干擾他自己對莫札特這個人的「內心概念」——但是，他顯然已浸淫在那個時代之中，並盡可能收集所有有關這位作曲家的性格與特質的資料。他針對莫札特的個性所描寫的圖像，至少幾乎每個細節都很符合歐特‧賈恩（Otto Jahn）的偉大傳記或較

容易取得的權威作品——格羅夫（Sir George Grove）
的《傳記字典》（Grove's Dictionary of Music and
Musicians）所描畫的圖像。

《莫札特，前往布拉格途中》英譯者
凱瑟琳・阿利遜・菲利普斯（Catherine Alison Phillips）

莫札特，前往布拉格途中

Mozart on the Way to Prague

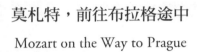

伊都阿・莫瑞克
Eduard Mörike

　　一七八七年的秋天，莫札特由妻子陪伴，開始了前往布拉格的行程，要到那兒演出《唐喬凡尼》一劇。上路的第三天，也就是九月十四日，接近早晨十一點時，這對夫妻的馬車駛離維也納（Vienna）還不到九十英哩遠。他們興高采烈地坐在馬車上朝西北方前進，已經駛過了曼哈茲堡（Mannhardsberg）和德國的泰雅（Thaya）地方，接近薛雷姆斯（Schrems）。道路從可愛的莫拉維亞山（Moravian）出現。

　　「馬車由三批驛馬拉著，」T男爵夫人寫信給朋友這樣說，「車廂很是堂皇，是橘色的，原是某一位佛克斯特夫人（Frau von Volkstett）所擁有。佛克斯特夫人是一位將軍的妻子，在過去很長的時間中，似乎都為自己與莫札特家人的關係，以及對他們的殷勤感到很自傲。」這段有關馬車的含糊描述，可以再補充以某一位對十七世紀八十年代的品味相當熟悉的人所提供的細節。這輛橘色馬車的兩個車門都漆著原色花束圖樣，門板鑲以狹窄的金色楞條，但漆本身仍然不

像現今維也納工作坊所使用的鏡面油漆那樣光滑，車身也不具豐滿的線條，只見大膽的曲線在越下面的地方越呈現高雅的尖細。此外，高高的車頂遮蔽著硬硬的皮簾，此時暫時拉了起來。

關於車上這兩名旅者的衣服，可以加上一些描述。丈夫所穿的衣服是由妻子康絲坦澤大人（Constanze Mozart）以節儉的眼光選定，因為她要把新的華服裝在衣箱中，留在以後使用。他在一件相當褪色的藍色刺繡背心外面，穿上了尋常的橘色禮服，一排大鈕扣十分時髦——一層紅金色亮片透過一個星型的網狀物閃閃發亮；再來就是黑色絲短褲、長襪，鞋子上有鑲金鞋扣。過去一小時中，他都沒有穿外套，因為天氣很熱，就一年的那個月份而言算是很不正常。這個男人坐在那兒，沒有戴帽子，只穿襯衫，很滿足地與妻子閒談著。莫札特夫人穿著舒適的淺綠色與白色條紋旅行裝。大絡淡棕色的美麗頭髮稍微鬆弛地盤在頸上和肩上。她一生中不曾在髮上施粉，但她丈夫濃密的頭

髮卻往後綁成馬尾，此時比平常更隨意地搽了一點粉。

他們的馬車以悠閒的速度，駛上一個位於那些到處突破廣闊森林的肥沃田野之間的微陡斜坡，此時到達了森林邊緣。

「我不知道，」莫札特說，「我們今天、昨天以及前天已經穿過了多少森林！此時我倒沒有想到這個問題，尤其沒有想到要到裡面走一走。我們就在這兒下車好嗎？親愛的，去摘幾朵在那兒的陰影中長得很漂亮的藍色鐘形花。車夫啊，你可以讓馬兒喘口氣了。」

兩個人站起來時，發生一件小小的意外，令音樂大師遭受一頓責罵。由於他的粗心，一瓶沒有蓋瓶蓋的昂貴香水掉落了，裡面的香水全部灑在他們的衣服和座墊上，但他們竟然沒有發覺。「我本來會發現的，」她悲嘆著說，「好長一段時間氣味都很濃。啊呀！整整一瓶真正的『晨曦露水』全流光了！我曾省著用它，像黃金一樣寶貝著它。」「哎，傻瓜！」丈夫以安慰的口氣回答，「妳難道不知道嗎？這種情況下，妳這

種美妙的鼻子安慰劑至少已經提供我們一種好處了。最初我們坐在一個大火爐中，妳再怎麼搧扇子也沒用。但是不久後，整個馬車卻似乎變得十分涼爽，妳還以為是我噴在我的襯衫縐邊上的幾滴香水所造成的。我們感覺到了新生命，我們的談話很愉快、流暢地進行下去，不必像屠夫車子中的羊那樣垂喪著頭，這種好處會一路伴隨著我們。不過現在讓我們動作快一點，把我們兩個維也納人的鼻子探進這些青蔥的田野中！」

他們手臂挽著手臂，越過路邊溝渠，立刻深入樅樹林的幽暗中。幽暗不久就變深，形成完全的黑暗，只在一些地方有陽光生動地照射在天鵝絨似的苔蘚上。那令人精神為之一振的涼爽，突然與外面的熾熱形成對照，要不是妻子有先見之明，對粗心的莫札特可能會很危險。妻子很困難地把準備好的衣服強行塞給他。「天啊！多麼棒啊！」他叫著，抬頭凝視高聳的樹幹，「有人會以為是在教堂裡面呢！我感覺好像不曾進入森林過，現在我第一次看到真正的景象——整片的樹邊

靠邊排列！不曾有人類的手栽植這些樹，它們全是自己生長出來的，出現在這兒，只因一個單純的原因：活著進行生命的要務是很有趣的事。妳知道，我年輕時遍遊半個歐洲，看到阿爾卑斯山與海洋，全是最莊嚴與美麗的創造物。現在，我像個白痴，偶然有機會站在波西米亞邊界上的一座平常的樅樹林中，迷失在驚奇的狂喜中：這樣的情景竟然真正存在，好像不只是 una finzione di poeti——詩人的想像——就像妳的少女、農神以及等等的，甚至也不只是一座劇場森林——不！它是根植在土中，藉著濕氣和太陽的熱而能全身挺立。這是鹿的家，牠們的額頭上長著奇妙的分叉鹿角，也是狡猾的松鼠、松雞和樫鳥的家。」他停了下來，摘了一片菌類，讚美它頂端那華麗的鮮紅色，以及底端精緻而蒼白的菌褶，此外，他也收集各種樅果，放進口袋中。

「有人會認為，」他的妻子說，「你以前不曾走進普拉特公園（Prater）二十步遠，那兒想必也有這種珍

奇的東西。」

「妳是說普拉特公園，天啊！在這兒怎麼可以提這個名字？那裡充斥著馬車、比劍、法國衣服、扇子、音樂以及世界上所有的噪音，除了這些，還可能看到什麼呢？唉，那些樹，縱使可以提供好空氣——我不知道實際情況如何，但是散布在地上的椈貞和橡實，無法跟那些混雜其中的大堆遭棄軟木塞加以分辨。在幾十英哩遠的地方，森林就散發出侍者和調味料的氣味。」

「竟然這樣說！」她叫出來。「你這個男人所經驗到的最大快樂是在普拉特公園吃晚餐時享受烤雞！」

兩人再度坐回馬車的座位上。馬車沿著平路駛了一段時間，緩緩下坡，風景還在遠處含笑，溶進更遠的山中。我們的這位大師沉默地坐了一會兒後，又開始說話：「真的，地球是很美，有人希望盡可能長久待在其中，算是無可厚非。感謝上帝，我感覺跟平常一樣很有精神、身體很健康，不久就要準備迎接數以千

計的事情。一旦我最近的作品完成、演出，事情就會一件接著一件循序而來。在遠處的美妙世界中有著多少奇異和美麗的事物，在家鄉也有很多我還一無所知的事情，包括自然的奇妙、科學、藝術和有用的手藝！那個在爐窯旁燒炭的骯髒年輕人，在處理一些事情時跟我一樣聰明，不過我必須說，我也很想來探究一些跟我的專長無關的事。」

「前天，」她回答，「我看到你的八五年袖珍日曆。你在最後一頁寫下三、四則筆記，第一則是：『十月中，他們在皇家鑄造廠鑄了大銅獅』，第二則下面劃了雙重線：『要拜訪加特納教授（Professor Gattner）。』他是誰？」

「哦，我知道。要到天文台——這個親切的老人家時常邀我去那兒。我很早就想跟妳去看看月亮以及月光中的那個小老頭，那裡現在有一個倍率很大的望遠鏡。他們說，在巨大的圓盤上，人們可以清楚地看到山、谷和深淵，幾乎可以觸碰到它們，而在陽光不會

照到的那一邊，可以看到山所投下的陰影。到現在已有兩年的時間，我一直想去拜訪他，卻不曾成行，非常可惜——對我而言也是非常沒有面子！」

「嗯，」她說，「月亮不會跑走的。我們即將把捉到很多錯過的事。」

停了一會，他又繼續說：「一切難道不都是如此？啊！我不敢去想到一個人沒有即時去做、耽擱了或沒有完成的事——更不用說人們對上帝和鄰人的責任——我是說純粹的歡樂，那些每天在每個人身上出現的小小純真歡樂。」

莫札特大人也許無法（也許不想）把莫札特反覆無常的情緒從他們越來越注意的事情轉開。很不幸，她只能衷心同意那些他說得非常激動的事情：「我曾經跟我的孩子享受過整整一小時的快樂嗎？對我而言，這種快樂經常都是片段的，順便的！我也許曾讓小孩子坐在我的膝蓋上，或者跟他們在房間玩耍一兩分鐘，然後，夠了！結束了！我不記得自己曾經在復活節跟

小孩子到鄉村度過愉快的一天，或者到一座花園或一小座森林中度過聖靈降臨週（Whitsuntide），而且只有我們自己待在草地上，跟小孩子享受快樂時光，玩著花，自己也變成了小孩。生命一直在隆隆聲中匆匆飛逝——天啊！一旦真正去想這件事，幾乎會在恐懼中嚇出一身冷汗！」

　　他剛說出這段自我譴責的言語，意外地導致兩人間一次最嚴肅的談話，洋溢著信心與深情。我們不去詳細記錄它，只是概括地觀察此刻形成他們所討論之特別又直接的話題的情勢，雖然這種情勢此時只是隱約出現在他們意識的背景之中。

　　在這兒，我們不得不痛苦地沉思一件事。這個火焰般的生命在短暫的一生中經驗、享受且創造了一些事物，但他雖然對於世界上所有迷人的東西、以及先知的靈魂所能翱翔的最莊嚴高峰非常敏感，卻一生不曾對自己有過任何穩定和完全滿足的了解。

　　如果我們不想更深層探究這種現象的原因，那麼我

們首先就會認為，其原因在於莫札特那些根深蒂固又顯然無法克服的弱點。我們有理由視這些弱點為不可避免的，並將它們跟我們所讚賞的莫札特的特性結合在一起。

這個人天生的需要是多面的，而他對社交歡樂的喜好尤其是強烈到不正常的程度。由於他天賦異稟，城市中的豪門對他相當尊敬，競相想要見他一面。他很少或從未拒絕人們邀請他去參加歡宴、社交聚會或派對，除此之外，他也在自己比較親密的圈子中充分滿足好客的本能。星期日在自己的家中舉行音樂晚會早就成為慣例，加上一星期兩、三次跟幾個朋友和熟識的人坐在擺設精美的餐點旁吃一頓不正式的午餐——他是不會缺席這些場合的。令妻子時常感到狼狽的是，他會毫無預警地把在街上遇見的客人帶回家，包括身分不配的人、業餘音樂愛好者、藝術家同志、歌唱家和詩人。那些無所事事的諂媚者，唯一的優點在於經常顯得興高采烈、表現得很機智，或是很會講笑話，

有時顯得很粗俗，但他卻很歡迎這種人，一如歡迎很
有智力的鑑賞家和有能力的演奏者。莫札特還習慣在
自己的家外面尋覓大部分的娛樂，任何一天，每一
天，人們在吃完飯後，都可以在咖啡廳的撞球檯旁找
到他，也可以在晚上於小酒館找到他。他也喜歡在朋
友陪伴下坐馬車和騎馬到鄉村兜風，又由於很擅長跳
舞，常去參加舞會、晚宴和化妝舞會，且一年有一、
兩次完全沉迷在通俗的歡宴中，尤其是在聖布利吉（St.
Bridget）的市集期間參加露天舞會，在那裡化裝成穿
白色短衣、搽白粉的丑角。

　　這些娛樂有時充滿活力，顯得很喧囂；有時則適合
安靜的心情，俾可在專心一致以及費盡心力後，讓內
心獲得必要的休養，並且也可以藉由天才在潛意識中
加以運作的神祕管道，順便把那些會豐富內心的微妙
的短暫印象傳達給自身。然而，很不幸的是，由於在
這樣的時辰中，他的大目標經常都是善用歡樂時刻的
分分秒秒，所以，有關其他方面的考慮，無論是「節儉」

或「責任」方面，還是「自保」或「愛家」，就不太
重要了。不論是在享樂或創作方面，莫札特都同樣不
去顧慮所謂的「節制之道」或「持之以恆」。他用夜
晚的一部份時間來作曲，辛苦工作後在清晨時休息，
時常躺在床上很長的時間。然後，十點鐘之後，他會
走路或坐馬車去教課，通常佔去下午幾小時的時間。
「我們為了珍貴的生活而努力工作，」他曾這樣寫信
給一位資助他的人，「不失去耐心時常是很困難的事。
我是一位很可以為人信賴的大鍵琴演奏者和音樂老師，
收了十二個學生，負擔很重，時常會超收，無論他們
是不是好學生，只要他們每一節課都付費。『工程師
團』中任何長了鬍子的匈牙利人，我都歡迎，他們可
能著了魔，無緣無故想要學基礎低音或對位法。或者，
如果我偶爾沒有準時去上某一位粗魯無比的小伯爵夫
人的課，她開門時就會顯得很惱怒、滿臉通紅，好像
我是為她燙髮的理髮師柯奎雷（Coquerel）。」一旦這
些以及其他職業上的辛勞工作、音樂會、預演以及等

等的，把他搞得筋疲力盡，他就會很渴望新鮮的空氣；
但通常他那疲倦的神經所能得到的，卻是一陣新的興
奮所帶來的表面放鬆。他的身體暗中受損，憂鬱的心
情不斷出現，就算不是源於這種原因，不論如何無疑
是因這種原因而惡化，英年早逝的徵兆終於緊隨他的
每個步伐，最後徵兆不可避免地實現了。他很熟悉各
種的憂鬱經驗，包括自責的感覺，為他的每種愉悅帶
來了苦味。然而，他知道，這些憂愁經過昇華、純化後，
甚至也溶進深深的源泉中，從數以百計的金色噴口中
湧現，藉由他多變的旋律，讓人心的所有苦惱與愉悅
源源不絕地傾洩而出。

　　莫札特的生活方式造成的不良後果，最為明顯地呈
現在家務中。他被指責過著瘋狂又輕率的放縱生活，
這是很容易了解的，因為這是與他最美好的特性相伴
而來不可避免的情況。只要有急需的人來找他，希望
借一筆錢，或說服他當保證人，他們通常都會預先設
想：莫札特不會仔細探究他們的抵押品。事實上，莫

札特不會去為這種事情費心，就像小孩一樣。他喜歡當場給錢，並且總是大方地笑著，尤其是當他自認手上有足夠的錢可以出借的時候。

然而，除了他平常的家務需要之外，他還要應付這種花費，而所需要的錢不是他的收入所能處理的。他從戲院、音樂會、出版商和學生那兒所賺到的錢以及「皇帝」給他的津貼仍然不夠，因為大眾的口味仍然不是對莫札特的音樂明確有利。他的音樂可愛、豐富、深沉，跟當時那種很受歡迎的容易消化的音樂相較之下，一般而言是受到排斥的。沒錯，《後宮誘逃》（Die Entfuhrung aus dem Serail）一劇通俗的戲份，在演出時維也納人百聽不厭。但是，幾年之後《費加洛》卻意外慘遭滑鐵盧，這確實不全歸因於劇院的經理搞鬼[1]。當時《費加洛》敵不過迷人但大為遜色的《罕見之事》。《罕見之事》算是與《費加洛》相同，但較有教養或

---

1. 根據傳說，一個叫安東尼奧·薩里耶利（Antonio Salieri）的指揮蓄意暗中破壞《費加洛》的初演，因為他賄賂義大利唱者把此劇唱壞。

較不偏見的布拉格人卻立刻很熱情地接受它，我們的
這位大師存著感動與感激的心決定特別為布拉格人寫
出他的下一齣莊嚴大歌劇。儘管當時情勢不利，他的
敵人發揮影響力，但只要莫札特稍微謹慎又精明，仍
然可能幫助自己的藝術獲益良多。然而，雖然他的一
些冒險作為必然贏得偉大大眾的讚賞，事實上他所得
到的個人好處是少之又少的。簡言之，所有的因素一
起發揮作用——命運、性格以及他自己的缺點——使得
這位獨一無二的天才無法獲得成功。

　　但是，我們很容易了解，就算一個了解自己責任所
在的家庭主婦，在這種情況下也必然面臨多麼可悲的
困境。他的妻子康絲坦澤雖然年輕、生氣蓬勃，且身
為音樂家的女兒，是一位天生的藝術家，尤其從童年
以後就過著困頓的生活，但她還是非常願意杜絕源頭
上的浪費，改正很多錯失，省小錢來彌補大損失。然
而，在最後這一方面，她也許欠缺真實的才能以及早
期的經驗。她保管現金盒又記帳：所有的金錢需求，

所有的催討事宜，以及可能發生的所有累人事情，都由她單獨處理。她的困惱確實經常使得她受不了，尤其是，除了這一切苦難之外，除了匱乏、令人痛苦的尷尬事情以及對於當眾受辱的恐懼之外，又加上她的丈夫時常一整天精神低落、反應遲鈍，對於任何的安慰充耳不聞，無論在妻子身邊或自己一人在角落沉默發呆，都只是唉聲嘆氣，像無止盡的螺旋一樣追逐著一種陰鬱的想法——不斷想到死亡。然而，他的妻子卻很少喪志，且一般而言，她的清明眼光都會提供他助力和忠告，就算時間很短暫。但基本上情況幾乎沒有改善或完全沒有改善。縱使有一次，她藉由開玩笑或認真的方式，藉由祈禱或誘哄，以某種方式成功說服他跟她一起喝茶、在家裡跟家人享受晚餐，之後不曾出去吃晚餐，但是這對她又有什麼益處呢？有時，莫札特會忽然感到良心不安，為妻子的淚眼所感動，可能會真誠地詛咒自己的壞習慣，提出非常美妙的承諾、甚至超過她對他的要求，但這一切都沒有用。雖然無

意，但他還是會故態復萌，人們幾乎要相信他是改不了的；還有，如果把一種符合我們對所有人類正確行為的想法的行為準則強加在他身上，那就一定會毀了他奇妙本性中的最基本特性。

　　然而，康絲坦澤還是繼續希望：情況能因外在力量而出現有力的轉變，經由經濟狀況的基本改善而達成。她認為丈夫名聲日盛，一定會導致這種改善出現。她想著，但願那種源於經濟原因的持續壓力會減緩，因為他也多多少少直接感覺到這種壓力。如果他不會僅僅為了賺錢而犧牲一半的時間和精力，那麼，他就可以專心於真正的志業。最後，如果他的快樂證明更有益於身體與精神，因為他不再需要花那麼多精力去追求快樂，能夠更加安心地享受它們──那麼，他的整個情況一定會在不久後變得比較適意、自然、平靜。她甚至考慮改變住處，因為他雖然明顯喜歡維也納，但她認為維也納對他不會有真正的好處，他的喜歡畢竟會有所改變。

　　但如要踏出實現想法和願望的決定性第一步，莫札特夫人非常指望：他們這次旅程所針對的新歌劇會獲得成功。

　　曲子此時已完成超過一半。他的一些極有評斷能力的好友，在開始寫作這部傑出作品時就很注意其發展，因此對於作品的性質以及獲致效果的方法確實有充分的把握。他們到處談論這部作品，因此很多人，甚至包括他的對手，都很確定一件事：不到六個月的時間，這部《唐喬凡尼》就會震撼德國各地的音樂世界，讓人們大吃一驚。有些人從當代音樂的觀點來評斷，幾乎不認為此劇有希望迅速獲得成功，所以在所提出的同情性評論中表達了比較謹慎的看法。「大師」本身則跟他們一樣抱持這種相當有理由的懷疑態度。

　　妻子康絲坦澤就像女人經常表現的那樣，一旦感情涉及一種很強烈的正當願望，甚至進一步因此產生偏見，也不會像男人一樣時常因某種原因所導致的懷疑而動搖意志。她堅持自己的信心，而此時她在馬車之

中有必要再度護衛這種信心。她生動又精力充沛地這樣做，加倍地用心，因為上述談話在無法進展下去的情況下中斷了，令人非常不滿意，莫札特的精神已經明顯地變得相當低落。康絲坦澤表現出非常愉快的心情向丈夫詳細說明：她建議他們回家後，使用布拉格歌劇院經理買回樂譜時同意付出的一百金幣來應付急需以及等等的，然後，又進一步說明：根據她所擬定的預算，希望能夠安然度過即將來臨的整個冬天，一直到初春。

「請相信我，你的波第尼先生²將會因為這部歌劇而大賺其錢。如果他具有你經常認為的君子風度的一半，那麼他會從一間間歌劇院手抄樂譜而付給他的錢中，再提供你一點額外的百分比。就算他不會這樣做，讚美上帝啊，也會有其他機會等著我們，而且是可靠

---

2. 波第尼（Pasquale Boldini）是布拉格一間義大利歌劇院的總監，一七八六年在布拉格成功地上演了《費加洛》後，又要莫札特寫另一部歌劇，莫札特寫了《唐喬凡尼》，獲得訂金一百金幣。

一千倍的機會。我腦中已有各種的想法。」

「那麼就說出來吧！」

「不久以前，有一個小女孩告訴我說，普魯士（Prussia）的國王需要一位指揮。」

「哦！」

「我是說一位音樂總監。請讓我稍微耽溺在幻想中！我從母親身上繼承了這種偏好！」

「那就這樣做吧！幻想越瘋狂越好！」

「不，那會是完全自然的。那麼請期待吧：假定從現在起的一年——」

「我想是當教皇娶瑪莉·安（Mary Ann）的時候？」

「安靜，傻瓜！我再說一遍，到了明年的聖傑雷斯節（St. Giles' day），維也納各地一定不會有一位國王的宮廷作曲家比得上沃夫岡·莫札特這個名字。」

「還用說，一定沒有！」

「我已經可以想像我們的老朋友將會如何談論我

們，還有他們所會告訴對方的所有故事。」

「譬如呢？」

「嗯，譬如這一則：某一天清晨，九點鐘後，我們熱心的老佛克史特夫人以她最狂暴的腳步越過『甘藍市場』，準備拜訪她老朋友的家，讓他們大吃一驚。她曾堂而皇之去拜訪撒克遜尼（Saxony）地方的妹婿，有三個月不在家，我們認識她以來她每天的話題終於成真了。前晚她回家，而此時她內心沸騰著──無疑充滿旅人的喜悅和友善的不耐煩，以及最美妙的小道消息──飛也似跑去找上校的妻子傾訴一切。她爬上樓梯，敲著門，等不及對方說聲『進來！』。請想像那種狂喜和彼此的擁抱。『啊，我最親愛的上校夫人，』她開始說，在寒暄了幾句後喘一口氣，『我為妳帶來一大堆的致意──請猜猜是誰的致意！我並不算是直接從斯湯達爾（Stendal）來，而是稍微繞了圈子，朝左方前進，遠到布蘭登堡（Brandenberd）。』──『什麼！可能嗎？妳遠到柏林（Berlin）地方──去拜訪莫札特

家？』『我在那兒度過了天堂似的十天！』『哦，親愛的，可愛的人兒，我無與倫比的將軍夫人啊，務必告訴我，務必描述一番！我們親愛的年輕夫妻情況如何？他們仍像最初那樣對那裡的情況很滿意嗎？真是驚人，令人無法相信，就在今天——尤其是妳直接從他那兒來——莫札特，柏林人！他情況如何呢？他現在看起來怎麼樣？』『哦，莫札特！妳真的應該看到他呢！今年夏天，國王派遣他到卡爾斯巴（Karlsbad）。他所愛的約瑟夫皇帝什麼時候才會有這種想法呢？他們夫妻兩人一到家，我就出現了。他散發著生命與健康的亮光，身體圓胖，像水銀那樣生動活潑，眼睛閃亮著快樂與舒慰的目光！』」

此時，講話的莫札特夫人仍然扮演假定的角色，開始以最樂觀的色彩描繪他們的生活新情勢——從莫札特位於「菩提樹街」的公寓和他的花園與別墅，到他的公開活動的顯赫情景，以及他在親密的宮廷圈子中為王后所做的鋼琴伴奏。她所描述的情景把所有的事物呈現

在他們面前，好像就是真實的，就出現在眼前。她即
興地想出這整個談話，以及最美妙的軼事。她在王國
的首都，在波茨坦（Potsdam）和無憂宮（Sanssouci），
似乎比在美泉宮（Schönbrunn Palace）以及維也納皇
宮（Imperial Burg）更加自在。此外，她也足夠狡猾，
賦予我們的男主角個人很多全部的顧家特性，是以他
在普魯士的生活為堅固基礎而發展出來的；而上述的
佛克史特夫人實際上已經注意到其中一種特性：他身
上開始出現一絲吝嗇的跡象，很是可喜，可以說是極
為美妙的現象，證明「物極必反」。

　　「『是的，請想像吧，他有三千元固定的收入，為
什麼呢？因為他一星期在皇家公寓舉行室內音樂一次，
指揮莊嚴大歌劇兩次。哦，上校夫人啊，我看到他，
我們親愛的小寶貝，四周圍繞著由他自己所訓練、且
又崇拜他的一流管弦樂隊。我跟莫札特夫人坐在她自
己的包廂中，正對著王室家族！妳知道節目單上印著
什麼嗎？我為妳帶來了一份，裡面包著我和莫札特家

人的一份小小假日禮物！現在看看吧，讀一讀吧：用一碼長的字母印成的！』『天助我們！什麼？是《塔拉爾》[3]？』『是的！親愛的，誰會想到我們在生命中會經歷到什麼事啊！兩年前，莫札特在寫《唐喬凡尼》時，那個可咒、邪惡、臉孔蒼白的薩里耶利已經暗中計畫，如何可能在自己所在之處複製作品在巴黎獲得成功，讓那些仍然沉迷在《罕見之事》一劇中的善良、喜愛鼻煙的聽眾看出他是什麼樣不平凡的人物。他和他的手下已經在密謀如何可能讓《唐喬凡尼》像先前的《費加洛》一樣，以一種拔掉毛羽、不死不活的姿態出現在舞台上。妳知道嗎？我當時就發誓，只要這個惡人的作品上演，我打死也不會去看！我也遵守了諾言！當每個人都盡可能匆匆跑去觀看，而妳，上校夫人，也是其中之一，我卻坐在家中火爐旁，膝蓋上抱著貓，吃著零食，之後的兩次也一樣。但現在，想

---

3. 即那位暗中破壞莫札特的《費加洛》的薩里耶利所寫的歌劇。

想吧，《塔拉爾》一劇要在柏林的歌劇院上演，這是
莫札特不共戴天的敵人的作品，由莫札特指揮！「妳
確實必須去看演出！」我們談話不到一刻鐘莫札特就
叫出來：「就算只因為妳可以告訴維也納人我是否傷
了這個年輕的寵兒的一點點創造力，我只希望這位善
妒的怪物自己到那兒去，這樣他就可能看出，我不必
故意去傷害某一個人的作品，只為了成為原來的自
己！』」

「太棒，太棒了！」莫札特聽了妻子這些話後使勁
叫出來，抓著矮小妻子的耳朵，吻如雨般而下，並愛
撫她、與她嬉戲，一直到她那種，啊呀，對一丁點兒
也不會實現的夢幻泡沫的自娛，終於融化進純然的歡
樂、笑聲和嬉鬧中。同時他們的馬車早已駛進山谷，
正要接近某個村莊。他們在高地已經清楚地看到這個
村莊，在它附近聳立著一座風格很時髦的鄉村宅邸，
是一位荀茲堡伯爵（Count Schinzberg）的住處，於微
笑著的平原中清晰可見。他們就要在這休息，讓馬兒

小憩，然後吃午餐。馬車停靠的客棧單獨聳立在村莊盡頭的公路旁邊，一條不到六百步長的白楊大道從公路叉開，朝伯爵的花園延伸而來。

　　他們下車時，莫札特跟平常一樣把點餐的工作留給妻子。同時他自己在樓下的房間點了一杯酒，他的妻子則是在喝了新鮮的水後，只要求有一個安靜的角落小寐一下。侍者引她到樓上，她的丈夫跟在後面，精神昂然地自顧自唱歌、吹口哨。房間漆成白色，很乾淨，很快就通風了，裡面有來歷不俗的老式家具，無疑是在什麼時候從城堡移來的。除外還有一張很整潔又很輕的床，油漆的蓬蓋由漆綠的細柱支撐，絲簾早就由較普通的布料取代。康絲坦澤很舒適地安頓下來，莫札特答應在適當的時間叫醒她；她在他離開後閂起門，他則前往公共吧檯尋找樂子。但吧檯除了客棧主人外沒有別人，何況客棧主人的談話就像他的酒一樣不為這位訪客所喜歡，所以他說想到城堡的花園散步，等午飯準備好再回來。客棧主人告訴他說，花園只開

放給體面的陌生人，尤其是那一天花園主人出遊了。

　　他走了出去，不久就走完了從客棧到開著的金屬大門的短距離。然後，他沿著一條種植高菩提樹的大道緩慢地閒逛，在大道盡頭左邊，他忽然在不遠處發現宅邸的正面。宅邸以義大利風格建成，漆著淡淡的色彩，入口在前面寬闊的雙石階。石板屋頂裝飾著幾座男神和女神雕像，是當時很流行的傳統風格。

　　我們這位大師從兩座仍然盛開著花的大花壇之間走向栽種灌木的那區土地，經過幾叢高雅、陰森的松樹，循著蜿蜒小徑逐漸折回較開闊的部分，走向一座不停噴出水花的噴水池，不久就到達了噴水池。

　　寬闊的橢圓型噴水池四周圍繞著一盆盆照顧良好的橘樹，點綴著月桂和夾竹桃。整片地方的四周是一條柔沙小徑，通向一座格狀小涼亭。這座涼亭提供非常舒適的休息地方，座位前面有一張小桌子，莫札特就在桌旁坐下來，臉朝向那靠近入口的正面。

　　他的耳朵愉快地沉迷在潺潺的水聲中，眼睛凝視著

一棵普通大小的橘樹。這棵橘樹立在地上，遠離其餘
靠近他身邊的橘樹，結滿累累的果實。我們的這位朋
友瞥見這種南方的情景，立刻回想到他童年日子的迷
人記憶。他露出沉思的微笑，手伸向最近的一顆橘子，
好像要用手掌去試一試其美妙的圓潤與多汁的微冷。
但跟這種再度出現在他眼前的年輕時代景象緊密結合
在一起的，卻是一種早就隱沒的音樂記憶，他曾有一
段時間夢幻般追尋其微弱跡象。此時，他的眼睛亮了
起來，環顧四周，看看這兒，看看那兒。他忽然有了
一個想法，並立刻渴望付諸行動。他心不在焉地第二
次抓著那顆橘了，橘子剝離了莖部，停留在他手中。
他看著橘子，卻又視而不見，確實深深地迷失於藝術
的抽象中，繼續在鼻下方不斷翻轉那顆芬芳的水果，
輕輕哼著一個旋律，時而是開始的部分，時而是結束
的部分。最後，他本能地從外衣的邊帶中抽出一個瓷
漆盒子，從其中取出一隻銀製小刀，慢慢地把黃色的
圓形果實切成兩半。也許是一種模糊的口渴感覺隱約

催促著他，但他敏銳的感官卻滿足於吸進珍貴的香氣。
有整整一分鐘的時間，他注視著兩半橘子的內側，又
輕輕地把它們接合在一起，再分開，又一次接合在一
起。

　　此時他聽到近處有腳步聲，吃了一驚，忽然意識
到自己置身何處、以及自己一直在做什麼。雖然他已
經在動手隱藏橘子，但因為出於自尊或因為來不及，
就停下了動作。一個肩膀寬闊、塊頭很大、穿著制服
的男人站在他前面，原來是伯爵的園丁。尤有進者，
這個人想必已經看到他最後的那個動作，在震驚中沉
默地站了幾秒鐘。莫札特同樣沉默無言，好像被釘在
座位中，藍眼睛緊盯著這個人的臉孔，自己的臉顯然
紅起來，然而卻表現得大膽又有尊嚴。然後他把外表
看起來很完整的橘子放在桌子中央——如果有第三者在
場，那會是非常滑稽的情景——表現出挑戰和勇敢的誇
示模樣。

　　「對不起，」園丁開始說，聲調暗含險惡的意味，

因為他已經端詳了這位陌生人那件不太吸引人的衣服。「我不知道你是……」

「來自維也納的指揮莫札特。」

「你確定伯爵家人認識你？」

「我在這兒算是陌生人，旅行經過的。伯爵大人在家嗎？」

「不在。」

「那他的夫人呢？」

「她有事，要跟她說話不容易。」

莫札特站起來，做出好像要離開的樣子。

「先生，敢問你怎麼敢在這擅自這樣做？」

「什麼？」莫札特叫出來，「擅自？見鬼！老兄，你認為我想偷那橘子，把它吃下去？」

「先生，眼見為憑。這果實都算好了數目，我要為它們負責。伯爵是為了特別場合而種這棵樹，不久就要移走。我不會讓你離開的，除非我將此事上呈，而你也向我說明事情怎麼發生，讓我感到滿意。」

「很好，那麼我目前就在這裡等。你可以信賴我。」

園丁猶疑地環視四周，而莫札特認為這也許是付小費就可以解決的問題，就把手伸進口袋，卻發現口袋中連一個銅幣都沒有。

此時有兩個小園丁走過來，把橘樹拔起，放在一個手推車上帶走了。同時，我們的這位大師拿出了皮夾子，從其中取出一張空白紙，開始用鉛筆寫著字，而園丁仍然堅持不走。

「最仁慈的夫人，我坐在這兒——妳的樂園中，只是不像古代的亞當吃了蘋果後的神聖樂園。不幸的事情已經發生，我甚至不能怪罪我善良的夏娃，她此刻在旅館享受著最純真的睡眠，四柱床的『優雅』與『愛』在她四周炫耀著。請妳命令我，我就會親自為我這種自己也無法說明的冒瀆行為負責。

在下

夫人最卑微的僕人

W・A・莫札特於前往布拉格途中。」

　　他把摺得並非很好的紙條交給很痛苦又不自在地等著的僕人，加上必要的指示。

　　好管閒事的園丁剛走，城堡的另一邊就傳來馬車輪滾動的聲音。是伯爵從鄰近的邸宅護送自己的姪女及其未婚夫——一位富有的年輕男爵——回來。由於男爵的母親多年無法離開房子，所以那天的訂婚禮就在她面前舉行。另一場歡樂的派對也要在這兒的一些親戚之中舉行，慶祝兩人訂婚，因為自從尤金妮（Eugenie）的童年時代以來，這座城堡對她而言就是第二個家，她就像房子中的一個女兒。她的叔母伯爵夫人跟官拜少尉的兒子馬克斯（Max）已在稍早時乘坐馬車回家，以便做各種安排。在城堡的階梯和迴廊四周都可以看到每個人處於非常騷動的狀態中，所以那位園丁好不

容易終於在接待室把那張紙條交給伯爵夫人。但是伯爵夫人並沒有當場打開紙條，也沒有注意聽這位傳達口信的園丁所說的話，又匆忙離開了。一個接一個的僕人匆匆經過他身邊，包括車伕、侍女以及男侍從。他要求見伯爵，但伯爵正在換衣服，於是他去找伯爵的兒子馬克斯，在房間找到了，但他正跟男爵談得很熱烈，所以他打斷了園丁的話，好像害怕園丁告訴他什麼事情或問及還不能流傳出去的問題。「我就要去了，」他說。「你走開。」過了一段時間，父子才同時從他們的房間出現，聽到這個不幸的消息。

「確實是很糟的不幸事情！」強壯、和藹但卻有點容易生氣的伯爵叫出來。「確實無法理解！你是說一個來自維也納的音樂家？我想是個卑鄙的人，四處徘徊，想要得到一點賞錢，同時準備撿取所能發現的任何東西？」

「閣下，恕我直言，他看起來倒不是那種人。我覺得他的頭腦很正常，何況他顯得高傲又強勢。他自稱

名叫莫色（Moser），在那兒等待你做決定。我要佛蘭茲（Franz）在附近徘徊，監視他。」

「傷害已經造成，那樣做有什麼鬼用？就算我把這個笨蛋關起來，也無法彌補損失！我已告訴過你一千次，前門要經常鎖著。無論如何，如果你即時看出他是什麼樣的人，這件事情就可以避免了。」

此時，伯爵夫人從隔壁的臥房匆匆走出來，顯得很高興、很興奮，手中拿著那張打開的字條。「你知道，是誰在那兒嗎？」她大聲說，「看在天的份上，讀讀這張字條吧──莫札特，維也納來的作曲家！必須有人立刻去邀請他到房子來，我怕他也許已經離開了。他對我會有什麼想法呢？喂，維爾騰（Velton）啊，你有很禮貌地對待他嗎？到底發生了什麼事？」

「發生？」她丈夫回答，就算有一個名人將要來訪，也無法當場完全緩和他易怒的脾氣。「這個瘋子摘了我要留給尤金妮的九顆橘子中的一顆。這個──這個──怪物！我們小小的歡樂整個報銷了，馬克斯還不

如撕毀他所寫的詩！」

「哦，不，」夫人堅持著，「少了一個橘子很容易就可以補救，此事就交給我。現在你們兩個人都去那，讓這個好人重獲自由，以你們所能表現得最親切和最恭維的方式歡迎他。如果我們能夠想出任何方法留住他，他今天就不會進行剩下的行程。如果你們發現他已經不在花園，就到客棧去找他，將他和他的妻子帶來這兒。說不定這樣會為尤金妮的這次派對帶來最美好的禮物或最可愛的驚喜。」

「當然！」馬克斯回答，「我的第一個想法也是這樣。來，爸爸，快！還有，」當他們邊走下階梯時他又補充，「關於那些詩，你可以放心。詩歌女神不會成為輸家的；相反的，我會設法把這件不幸的事情轉變為特別有利的情況。」

「不可能的！」

「可能的！我真的會做到。」

「嗯，如果是這樣——注意，我相信你的話——那

麼我們將以可能想像得到最隆重的方法來對待這個瘋
子。」

　　這些對話在城堡中進行時，我們的男主角雖然幾乎
就像是一位囚犯，但對於這件事情的最後結果，內心
卻感到相當平靜，並且花了很長的時間寫著東西；當
沒有任何人出現時，他開始不安地走來走去。就在此
時，他所下榻的客棧卻傳來急迫的口信，表示晚餐早
已準備好，請他立刻去用餐，因為車夫非常急著趕時
間。因此，他開始收拾自己的東西，想要馬上回客棧。
此時，兩個男士在涼亭前出現了。

　　伯爵以強有力的宏亮聲音愉快地向他致意，幾乎就
像一個老朋友，不讓他有時間說出藉口，並立刻表示，
至少在那天下午和晚上，想要在自己家中款待丈夫和
妻子。「最親愛的大師，你對我們而言幾乎不算陌生
人，我大可以說，這兒的人比其他任何地方的人更時
常提到莫札特這個名字，更熱心地提到它。我的姪女

會唱歌、演戲,她幾乎整天的時間都在彈平台鋼琴,很熟悉你的作品,急於有機會比去年冬天在你的一次音樂會中更加接近你。我們不久就要到維也納待幾星期之久,親戚們已答應我們受邀到你常去的加利金王子(Prince Galitzin)的家。但是如今你要到布拉格,要過一段時間才回維也納,天知道你在回程時是否會走這條路!請在今天和明天各放一次假吧!我們會立刻把你的馬車送回家,你必須允許我為你安排其餘的旅程。」

這位作曲家在這種涉及友情和歡樂的情況下,本來就會欣然做出十倍於對方要求的犧牲,所以他沒有花很長的時間考慮,就愉快地同意騰出這半天的時間;但他說,他們明天就必須盡早上路。馬克斯伯爵希望有幸到客棧接莫札特夫人,安排所有必要的事情。他走路去客棧,有一輛馬車立刻要跟在後面前往。

關於馬克斯這個年輕人,我們可以順便一提的是,他從父親和母親身上繼承活潑的脾性,對高雅文學的

喜愛結合了天分。雖然他並沒有想要真心從事軍事方面的職業，但由於智力高，行為好，已經成為傑出軍官。他有法國文學方面的知識，而在當時高等社會不大重視德國詩的情況下，他能夠以母語將詩歌的形式應用得非常自如，以他在諸如哈格頓（Friedrich von Hagedorn）、歌茲（Johann Nikolaus Götz）和其他人的作品中所發現的範例為學習對象。我們推斷，在這個特別好的日子裡，有一個讓他發揮才華並特別令人愉快的機會等著他。

他發現莫札特夫人在已準備好的餐桌旁跟客棧主人的女兒聊天，已經開始喝起一盤湯了。她太習慣於丈夫做出的不尋常事情和大膽的惡作劇，所以面對年輕的軍官和他所被委託的使命，也只是微感不安而已。她的好脾氣沒有受影響，以冷靜又務實的方式當場處理好事情，親自下達必要命令。她重新整理過行李，付清帳單，遣走馬夫，低調地準備好化妝用品，愉快地跟護送者乘坐著馬車到城堡，不曾懷疑丈夫是以什

麼奇異的方式進入那兒。

　　同時，莫札特已經非常舒適地在伯爵家安頓下來，接受非常周到的款待。一會兒後，他看到了尤金妮——一個如花似玉的女孩，頗具魅力，感情顯得深沉，跟未婚夫在一起。她的頭髮是金色的，苗條的身體穿上喜慶場合的光亮深紅絲服，衣服上飾有昂貴蕾絲，額頭繫著一條鑲有東方珍珠的髮帶。男爵年紀只比她大一點，生性溫和、坦誠，似乎在每方面都與她相配。

　　最先，談話的主要內容有一點太豐富了，主導者是仁慈又喜歡遐想的主人。他以精力充沛的方式談話，點綴以大量的笑話和軼事。大家傳著點心，我們的旅人莫札特也吃得毫不客氣。

　　有人打開平台鋼琴，在譜架上打開《費加洛婚禮》的樂譜，年輕的小姐在男爵陪伴下準備唱蘇珊納（Susanna）在花園一景中的詠嘆調，我們從其中大量吸進柔情的精隨，像夏夜芬芳的微風。尤金妮在換氣時臉頰上美妙的紅暈變得極為蒼白，但隨著嘴唇唱出

的第一個全音，她從那種似乎使胸房緊縮的壓迫感中解脫了。她微笑著，顯得很有信心，好像乘坐在浪頂。這個時刻也許在她經歷過的所有生命日子中自有其獨特的風味，使得她內心充滿一種對應的亢奮感覺。

莫札特顯然很驚奇，在她唱完時走向她，很單純地直接說出如下的內心話：「親愛的孩子，浴在幸福的陽光中，一個男人還能說什麼呢？對陽光的最佳讚美是，每個人都在它的照耀中感到很舒適！在妳歌唱的時候，靈魂感覺像嬰兒在沐浴，他歡笑、驚奇，在世界上想不到有其他更好的東西。還有，請相信我，像我們這樣的人並不是每天都有機會在維也納傾聽我們的自我，那麼純潔，那麼不做作又溫暖——簡言之，那麼完美。」說完，他拉起她的手，衷心吻她。這個男人的高貴仁慈心以及善良的心地，跟他榮耀尤金妮的才華時所使用的慷慨讚辭，使得她內心充滿壓倒性的感情，彷彿一陣眩暈，她的眼中想必忽然充滿淚水。

就在此時，莫札特夫人走進房間，緊接著又有其他

預定到達的客人出現——來自附近的一個男爵的家人，跟伯爵的家人有緊密的關係，還有一個女兒佛蘭姬絲卡（Franziska），從童年時代以來就跟這位未來的新娘之間維繫著最溫柔的深情，來到這兒感覺就像回到家那麼自在。

　　他們全都彼此致意、擁抱、說些親密的話。來自維也納的兩位訪客被介紹給他們，莫札特坐在平台鋼琴旁，彈奏自己所作而那時尤金妮正在練習的一首協奏曲中的一個樂章。

　　在這樣小小派對中的演奏，其效果自然不同於在公共場所的演奏，因為在前者中，聽者在熟悉的家庭中直接接觸藝術家本人及其天才，會感覺到無限的滿足。

　　在這樣一首傑出的曲子中，純潔的美好像是藉由一種幻想、出於自由意志選擇而接受優雅特質的支配，然而卻隱藏在這種較豐沛形式的發揮之中；在大量強調的亮光後面自我掩飾，卻又在每個樂章中顯露其基本的高貴特質，並大量湧現充分、華美的熱情。

伯爵夫人自己觀察到，大部分的聽眾──甚至包括尤金妮自己──儘管在這種神奇的彈奏中表現出狂喜的專注和敬畏的沉默，卻在「傾聽」和「注視」之間猶疑不決。他們禁不住注視著這位作曲家那單純又幾乎僵硬的身體姿態，還有那神情溫和的臉孔，以及小手旋轉的動作，確實無法不對這個神童似的人物產生數以千計的衝突性想法。

當「大師」從鋼琴旁站起來時，伯爵轉向莫札特夫人，說道：「面對一個知名的藝術家，人們有必要說幾句恰當又有學問的讚詞──我要說，這並不是每個人都做得到的。所以當國王和皇帝是多麼幸運啊！從他們的嘴中所說出的每句話似乎都具有獨創性又不平凡。他們沒有什麼不敢說的。站在妳丈夫的椅子後面，在他即席彈完一首美妙的曲子時，輕拍這位頂尖但卻謙虛的演奏者的肩膀，說道：『我親愛的莫札特，你是魔鬼似的人物！』這是多麼棒又容易的事啊！這句話一說出來，就像野火一樣傳遍整個房間：『他對他

說什麼？』『他說他是魔鬼似的人物！』每個拉提琴、
吹笛子或作曲的人聽到這句話都會變得瘋狂。簡言之，
這就是堂皇的風格，帝王慣見的風格，我在世界上那
些像約瑟夫國王和腓特烈皇帝的人身上所經常羨慕但
又無法模仿的風格，尤其是在此刻。我此時感到很失
望，因為我無法發現比口袋中的小錢更優秀的機智話
來讚美他。」

　　儘管這個逗趣的老年人所說的這句話很粗魯，但其
表達方式卻很迷人，大家都笑了出來。

　　但此時，在女主人的邀請下，每個人都走向為這個
場合而裝飾的圓型餐廳。當他們進去時，花兒的喜慶
香氣飄出來迎接他們，空氣更加涼爽，有利於食慾。

　　大家按照指定的位置以巧妙的姿勢坐下。傑出的訪
客莫札特坐在訂婚的男女對面，他的旁邊是一位矮小
的年老女人，是佛蘭姬絲卡的一位未出嫁姑媽，另一
邊則是年輕又迷人的姪女佛蘭姬絲卡本人，她不久就
因智力和生動模樣而贏得莫札特的稱讚。莫札特夫人

坐在男主人和她和藹的護花使者——少尉馬克斯——之間。其餘的人都坐好了，總共十一人，盡可能讓每個女士坐在一個男士旁邊，最後的一個位置則空著。桌子中間有兩個巨大的陶瓷裝飾品，畫著一些人物，頭上頂著小盤子，自然花和水果堆得很高。房間的牆壁四周掛著華美的花冠，其中原有或不斷拿進去的其他每件東西，似乎都在宣稱一次長久的酒宴。桌子上的小盤子和大盤子之間，以及背景中的餐具架上，都可以看到各種高貴的酒閃閃發亮；從幾乎是黑色的紅酒，到點綴著黃色的白酒，其冒泡的歡樂氣息在傳統上是為盛宴後半部的最高潮而保留的。

在這之前，談話都繞著各種話題轉，由幾組人表現同樣的生動模樣進行著。但從一開始，伯爵就偶爾暗示莫札特在花園的歷險記，而此時他的暗指顯得越來越俏皮又尖銳；於是有人露出神秘的微笑，有人絞盡腦汁，想要知道他可能是什麼意思。最後，我們的朋友莫札特只好說出下面的話。

「以上帝為名！」他開始說，「我要坦白說出我如何有幸認識這個高貴的家庭。在這個故事中，我並不扮演特別尊嚴的角色。本來，我不會坐在這兒享受這一餐，而是被關在這個高貴宅邸的一個遠方角落，餓著肚子，凝視著牆上的蜘蛛網。」

「哇！」莫札特夫人叫出來，「現在我即將聽到一個很美的故事了！」

然後莫札特先詳細描述自己如何把妻子留在『白馬客棧』，接著到公園散步，在涼亭中經歷了不幸的事情，在花園中遭遇到管理人；簡言之，他描述了很多我們已經知道的事情，以最坦誠的方式揭露了這一切，大家聽得津津有味。笑聲似乎不會停下來，甚至自持的尤金妮也禁不住笑得花枝亂顫。

「嗯，」他繼續說，「俗話說，得到好處就不怕笑。我從這次的歷險中得到了一點好處，你們不久就會看出。但是，首先你們必須聽聽，我這個天真的老頭腦是如何會渾然忘我的。這跟我年輕時代的一則記憶有

關。

「一七七〇年的春天，我是十三歲的小孩，跟我的父親到義大利（Italy）旅遊。我們從羅馬（Rome）旅遊到拿不勒斯（Naples）。我在那兒的藝術學校演奏了兩次，也在別的地方的不同場合演奏過。貴族和教室對我們非常殷勤，有一位修道院院長特別喜愛我們。他以自己擁有鑑識能力而自傲，尤其在宮中又有某種影響力。我們離開的前一天，他用馬車載我們以及其他幾個男士到一座皇家花園，也就是『黎爾別墅』（Villa Reale）的花園，位於那條沿著海邊伸延的壯麗道路的一邊。那兒有一團西西里的演員在表演──他們以 figli di Nettuno，即『海神之子』，自稱，也以其他高調的頭銜自許。我們坐在大群傑出的觀眾之中，其中有迷人的年輕王后卡蘿萊娜（Queen Carolina），加上兩位公主。我們坐在由低低的涼廊遮蔽著的一長排座位中，還有一個像帳篷一樣的布篷，沿牆可以聽到下面海浪的呢喃。海水點綴著多變的色彩，在榮耀

的光華中映照上方的晴朗藍天。正對面是維蘇威火山
（Vesuvius），左邊則有可愛的海岸在柔和的曲線中閃
閃發亮。

　　「第一部分的表演節目結束了：表演的地點是漂浮
在水上的某種木筏的木板上，並沒有什麼不尋常之處。
但第二部分就比較精彩，完全是划船、游泳和潛水方
面的美技，其細節一直清晰地留在我的記憶中。

　　「從木筏的遠端有兩艘優美又輕盈的三桅船駛過
來，彼此靠近，似乎要漫遊一番。其中稍大的一艘有
一個半甲板，划手長凳旁邊是細細的船槳和船帆。船
漆得很華麗，船首鍍金。五個身材健美的年輕人，衣
服穿得很少，手臂、胸膛和腿部似乎裸露著，時而在
船輪旁忙著，時而與情人調情；情人是美麗的女孩，
數目與男人相當。其中一個女孩坐在甲板中間，編織
著花冠，身材、美貌以及衣服都優於其他女孩。其餘
女孩自願服侍她，在她頭上方張開一個布篷，讓她不
會受陽光照射，並從籃中取出花給她。一個吹笛的女

孩坐在她腳旁，吹出清朗的樂音，為其他女孩的歌聲
伴奏。這個絕世美人也有一位特別護花使者，然而兩
人彼此表現得很冷漠。我認為，男人對她有點粗魯。

「同時，另一艘較簡單的船已駛得更近，船上只看
到年輕的男人。第一艘船上的年輕人穿著生動的紅色
衣服，這第二艘船上的年輕人則穿著同樣生動的海綠
色衣服。他們凝視著那些迷人的女孩，對她們揮手致
意，十分想要更進一步認識她們。於是，少女之中最
活潑的一位從胸房中拿起一朵玫瑰，以淘氣的姿勢舉
得很高，好像要探知這種禮物是否可以被接受。結果，
從各個方向都出現明確的手勢以及回應。穿紅衣的年
輕人表現出陰鬱的輕視神情看著，但當幾位少女同意
至少丟給這些可憐的男人一樣東西，來解除他們的飢
渴，他們也莫可奈何。船上的甲板上放著一籃橘子——
不過非常可能只是做得很像橘子的黃色球而已。此時
迷人的一景出現，伴隨以海堤上管弦隊所演奏的音樂。

「一位少女首先開始巧妙地把橘子投到對面，對方

也同樣巧妙地接住，立刻又投回去。他們就這樣來來往往進行著。不久，更多的女孩加入行列，有十幾個橘子飛來飛去，速度愈來愈快。位於船中央的那位美女沒有參與這種玩鬧的遊戲，只是坐在凳子上，非常好奇地看著。我們對於雙方所表現的技巧驚奇到不行。兩艘船保持大約三十步距離，一再慢慢地彼此繞圈子，時而側著船身，時而形成一個角度，一艘船半橫在另一艘船的船頭後方。大約有二十個球不斷在空中飛來飛去，然而由於情況很混雜，人們都認為所看到的球不只這個數目。雙方丟擲的情況時常會出現，然後球會形成很高的曲線升起又降落，很少沒有命中對方的，就好像球自動落入張開來抓住他們的手指中，彷彿被一種強迫的力量所驅使。

「然而，雖然眼睛愉快地忙著注視這種情景，但樂曲的旋律也美妙地伴奏著，聽起來很悅耳：有西西里曲調、各種舞曲，生動的義大利音樂、義大利舞曲，各種的樂曲都有，像花冠一樣輕快地編織在一起。那

位年輕的公主，是一個可愛、天真的人兒，大約我的
年紀，和著音樂美妙地點著頭。我現今還能夠在眼前
看到她的微笑以及長長的睫毛。

「現在讓我簡短地描述其餘的情景，只不過這部分
跟我感興趣的要點沒有進一步關聯。人們很難想像比
這更美妙的情景。當『小規模戰鬥』逐漸緩和，只有
少數的『火箭』還在來回投射時，女孩們收集好『金
蘋果』，放回籃子；遠處有一個男孩好像在嬉戲，拿
起一個很大的綠網，放在水下一段時間、再拿起來，
讓大家很驚奇的是，裡面出現一條大魚，閃亮著藍、
綠和金光。最靠近他的那些人渴望地跳向前去，要把
魚拉出來，但魚卻從他們手中溜走，好像還活著，游
進了海中。但這只是一種手法，用來誤導那些穿紅衣
的男人，誘使他們從船上下來。沒錯，他們好像被這
種美妙的情景所蠱惑，一看到那條魚沒有下沉，繼續
在水面上嬉戲，就毫不猶疑地躍進海中，穿綠色衣服
的男人也一樣，結果我們看到十二個身材健壯的老練

泳者努力要抓住那條難以捉摸的魚。魚在波浪上四處
跳動，時常在他們下方消失連續幾分鐘之久，然後又
再度出現，一下子在這兒、一下子在那兒，有時在一
個人的兩腿之間，有時在另一個人的胸膛和下巴之
間。當那些穿紅衣的男人在熱烈地追逐他們的獵物
時，另一邊的男人忽然看到了機會，快如閃電地登上
對方那艘只剩少女的船，引起她們的尖叫、騷動。年
輕男人中看起來最高貴的那一位，身材像神使麥丘利
（Mercury），臉孔閃亮著喜悅亮光，衝向少女中最可
愛的一位，把她抱在懷中，吻著她；但她不跟其他少
女一樣尖叫，反而手臂勾著年輕男人，表現同樣熱情，
因為她跟他很熟。被騙走的那些男人很快游回原來的
地方，但卻被船上的男人用槳和武器驅離。他們在受
挫之餘怒火中燒，而女孩在驚恐中尖叫著，其中有幾
位激烈地抗拒，祈禱著、懇求著，聲音壓過了性質忽
然變得不同的音樂。音樂很可愛，無法言喻，觀眾忽
然表現得很熱情。

「就在此時，那個一直鬆弛地捲著的船帆降了下來：一個臉色紅潤的男孩從其中走出來，身上有銀色翅膀，手上拿著一個弓、一些箭，以及一個箭袋，身體以優雅的姿態輕輕平衡在船首斜桅上。此時槳手全都用力划著船，帆膨脹起來，但這位愛神的出現以及他向前衝的姿態卻比槳手和船帆的力量更大，似乎把船快速地向前推進，那些游泳的人在追逐中幾乎喘不過氣，其中一位左手抓著那條金色的魚，舉在頭上高高的地方，不久就放棄希望了。他們此時已筋疲力盡，只好在那艘被放棄的船中尋求庇護。同時，穿綠色衣服的男人們已經到達一座長著樹叢的小小半島，有一艘埋伏著的華麗船隻不期然出現，船上滿是武裝的同志。那小群人面對如此險惡的情勢，舉起一隻白旗，表示他們希望進行一次和平的談判。他們看到另一邊傳來同樣的信號，就把船划向那個停船處。不久，我們就看到了，除了一個自願留在後面的女孩之外，所有美麗女孩都跟他們的情人一起快樂地爬上自己的船。

喜劇就這樣告一個結束。」

「我覺得，」尤金妮閃亮著眼睛低語著，因為此時莫札特停下來，每個人都高聲地讚美所聽到的描述，「我們好像剛看到一幅從頭畫到尾的交響畫，尤其是看到莫札特自己的精神被以非常歡樂的氣氛完美地描繪了出來。我沒有說錯吧？《費加洛》的所有魅力不是可以在其中發現嗎？」

她的未婚夫正要把她說的話向作曲家重複一次，作曲家卻開始說：「我那次去義大利旅遊，到現在已經過了十七年。一旦看過義大利，尤其是拿不勒斯，有誰不會終身想著它，縱使我當時還只是半個小孩？但在『海灣』的那最後一個可愛晚上，不曾像今天在你的花園中那樣生動地再現於我腦海中。只要我閉上眼睛，整個情景就會在我眼前展現，非常明晰、光亮、清楚，最後那片霧靄從其中飄上來，進入空中。海和海岸，山和城市，色彩明亮的一群人沿著水緣移動，然後是那些交互投擲的球的美妙動態！我認為同樣的

音樂仍然在我耳邊響著，歡樂的旋律編織而成的整個玫瑰花冠飄過我的腦海，有我自己的旋律，也有別人的旋律，集聲音之大成，一個旋律緊接著另一個旋律，永遠持續下去。然後一段小小的舞曲以六八拍的節奏響起，顯得很不搭軋，是我完全陌生的曲調。

　　「『停！』我想著，『這是什麼啊？似乎是極為精巧的音樂！』我仔細探索——『天啊！』我叫出來，『啊，是馬色托（Masetto），是澤琳娜（Zerlina）[4]！』」說著他朝對面的莫札特夫人笑著，她立刻猜出他的意思。

　　「重點很簡單，」他繼續說，「在我的作品的第一幕中有一個輕快的小曲子還沒有寫出來，是針對一場鄉村婚禮的二重奏和合唱。兩個月前，我試著安排這個曲子的適當順序，但第一次嘗試時，正確的情況就是不出現。一種簡單、天真的曲調，一再洋溢著歡樂，

---

　　4. 馬色托和澤琳娜是《唐喬凡尼》中的一位農夫和他的未婚妻。

以及一束鮮花，用飛揚的絲帶繫在少女的胸房——情況
應該是如此。但是，我們對於任何情況都不能強取，
甚至最詳細的細節也是如此，何況這種微不足道的音
樂，會隨著日子和推移而自然而然寫出來，所以我就
不去管它，而是進行比較重要的工作，幾乎不再去想
此事。今天在馬車上，在我們駛進村莊前不久，歌詞
迅速在我心中掠過，但當刻並沒有任何結果出現——至
少就我所知並沒有。很好！大約一小時後，在噴泉旁
的涼亭中，我心中出現了一種樂音，比我在任何時間
或以任何其他方式所可能想到的音樂更加美好，更加
恰當。藝術時常會為人們帶來奇異的經驗，但我不曾
經驗到這樣的一種戲法。一個曲調像手套那樣絕對吻
合歌詞——不過我不能預期，我們還沒有臻至這一境地
呢。鳥兒仍然只從殼中探出頭，所以我就當場處理，
要讓牠完全出殼。澤琳娜的舞姿一直生動地在我眼前
飄動，而拿不勒斯海灣微笑似的景色跟它神祕地結合
在一起。我聽到新郎與新娘的回應聲音，也聽到少男

和少女的合唱。」

說到這兒，莫札特非常愉快地唱出小調開頭的樂節：

妳們這些喜歡接吻、調情的年輕姑娘，
在青春還未消失之前機會請把握。
如果妳們的心在熾熱，感覺受傷
這兒有一帖藥妳們應該試試喔。啦——啦——啦——啦——啦——啦！
哦，我們將享有多大的歡樂，妳和我。啦——啦——啦——了——喇！

「同時，我自己的雙手引來了怪異的災難。復仇女神本來在樹叢後面徘徊，此時她走出來，化身為伯爵家那個穿著穗帶藍色制服的可怕人兒。維蘇威火山真的爆發了，在那個神聖的晚上，如雨的黑色灰燼湧出來，淹沒了觀眾和演員，以及海妖巴巴諾碧（Prathenope）

的所有榮耀，老天啊！這是最無法預知最可怕的災難。
這個僕人是常見的惡魔！從沒有一個人讓我如此感到
騷動不安。那臉孔像是銅鑄的——像殘忍的羅馬皇帝提
柏留斯（Tiberius）。『如果那是僕人看起來的樣子，』
他走了之後我這樣想著，『那麼，他的主人的臉孔會
是什麼樣子呢？』然而，說真的，我已經有點指望伯
爵家的女士們保護我，這是有原因的。我的小妻子康
絲坦澤天性喜歡探究事情，她已經要客棧中的那個胖
女人當我的面告訴她有關這個高貴家庭的所有的人最
值得知道的每件事。我當時站在旁邊，聽到——」

　　此時，莫札特夫人禁不住打斷他，以最詳盡的方式
告訴在場的人說，相反的，是莫札特自己問那些問題
的。於是丈夫和妻子之間進行熱烈的爭辯，引發很多
人的笑聲。「嗯，就算是那樣子好了，」他說，「總
之，我隱約聽說一位迷人的養女訂婚了。她很可愛，
尤其是非常善良，唱歌像天使般悅耳。『好上帝！』
一個想法在我心中閃過，『這將有助於你脫離困境！

你只要在你所在的地方坐下來，盡快寫出那首小曲子，
照實說明你的不當作為，整個事情就會變成一個大玩
笑了！』一說完就付諸行動。我有的是時間，身上又
有一張乾淨的綠線紙──結果就是這個！我把它放在
這雙美麗的手中，當作即興寫成的婚禮之歌，希望妳
曾接受。」

　　說完他把寫得非常整齊的歌曲拿給對面的尤金妮，
但是她的叔叔的手比她快，搶走歌曲，大聲說道：「孩
子，稍微忍耐一下！」

　　他做了一個手勢，客廳的屏風門大開，幾個男僕人
出現，無聲無息、儀態高雅地把那棵不祥的橘子樹抬
進房間，放在桌子末端的一張長椅上，同時有兩叢細
細的桃金孃放在橘子樹的左右邊。繫在橘子樹樹莖的
一則題銘說明它是未來的新娘所有。而樹前面的一壇
苔癬上放有一個磁盤，蓋著一條餐巾，移走後便露出
一半的橘子。尤金妮的叔叔以狡猾的眼光看了一下，
把「大師」簽名的手寫歌曲放在那半個橘子旁邊。所

有人立刻不停爆出喝采聲。

「我確實相信，」伯爵夫人說，「尤金妮還不知道她面前的東西是什麼。她確實認不出她的舊愛飾以花和果，以新面貌再度出現。」

年輕女人一臉迷惑與不信，先看看那棵樹，再看看她的叔叔。「不可能的，」她說。「我很清楚，它是救不起來的。」

「所以妳認為，」她的叔叔回答，「我們是找了一種替代物嗎？如果能找到倒是很不錯！不是的！只要看看這兒！我必須按照戲劇中的習俗去做—— 被認為已死的兒子或兄弟藉由胎記和疤痕證明自己的身分。看看這兒的這個贅瘤吧！還有橫向的紋；妳想必注意到數以百次了。嗯，是一樣還是不一樣？」她再也無法懷疑了，臉上的驚奇、激動和喜悅神情難以描述。

在家人的心目中，這棵樹與一百年以上的記憶結合在一起，涉及一個傑出的女人，很值得在這兒簡單地

回顧。

這位叔叔的祖父曾在維也納的政府從事外交事務，贏得很高的名聲，獲得連續兩個王朝同樣的信任。由於他有一個不平凡的妻子蕾納・李歐諾（Renate Leonore），所以他在家中也同樣福星高照。蕾納・李歐諾經常造訪法國，所以常接觸到傑出的路易十四（Louis XIV）宮廷和那個有名時代的重要男女。儘管她公開不停地追逐非常明智的享樂生活，但在言行上卻不辜負她天生的德國人榮譽感和嚴格道德感，這從這位伯爵夫人那幅現在還在的肖像上那非常穩重的五官可以明確看出來。是的，由於這種氣質的緣故，她在那個社會中採取了一種獨特的率直對立態度。她留下來的書信顯示出頗多「率直」和「強力戰鬥精神」的跡象，而這個很有獨創性的女人藉此得以護衛自己健全的原則和觀點，不僅在信仰、文學、政治或任何其他方面如此，並且她也攻擊社會的缺點，卻一點也不為社會所憎惡。她對於在如同妮儂（Ninon de l'Enclos）這般的女士家中——其代表最精緻的知性文化中心——聚會所能結交的人物都展示了相當大的興趣，這與她的角色特徵相當符合。並且藉由遵循這些原則，她得以完美地與當時最高貴的女性之一的色維妮夫人（Madame de Sévigné）締結了高尚的友誼。詩人恰培爾（Jean de La Chapelle）獻給她很多玩笑性質的雋語，隨性寫在飾有銀花圖案的紙上。除此之外，在她死後，後代也在她的一個盒子中發現色維妮夫人和她的女兒寄給奧地利這個坦率朋友的最深情書信。

　　有一天，她就是從色維妮夫人的手中收到了一根開花的橘子樹嫩枝，地點是特里安農堡（Trianon）旁一場盛宴所在的花園台地。她立刻把嫩枝隨意種在一個盆中，它很幸運地生根了，她就隨身帶回德國。

　　有整整二十五年的時間，這棵小樹在她眼前穩定地成長，之後則由她的孩子和孫子表現最大的關心加以照顧。這棵樹除了具有個人價值之外，也可以進一步將它視為那個時代固有的精緻知性魅力的活生生象徵。

那個時代被認為幾乎是神聖的，只不過當然了，我們今日在其中幾乎發現不到真正值得讚美之處，因為它當時已經帶有象徵「不祥未來」的病源，在這個天真故事發生的那個時候，甚至可以看到那個動搖世界的災難將要來襲。

　　尤金妮對這件由莊嚴的祖先遺留下來的傳家寶，表現出非常有愛意的忠誠感。基於這個理由，她的叔叔經常說，這棵樹遲早要交由她保管。前年春天，她沒有留在城堡度過，而這棵樹開始凋萎，葉子轉黃，幾根樹枝枯死了，使得這位年輕的淑女更加痛心。由於找不到枯萎的特別原因，也沒有一點點的補救方法可行，所以園丁就放棄它，視為無藥可救；雖然就萬物的自然運作而言，它的壽命應該是當時的兩、三倍。然而，伯爵聽了一位對此事有特別知識的鄰人的忠告，根據時常流傳鄉下人之中的一種奇異、幾乎玄妙的秘方，下令把這棵樹移到不同的地方，秘密地加以照顧。

他希望他所鍾愛的姪女有一天會很驚奇地看到自己的老朋友重新恢復精力，結實累累。結果，他的希望獲得回報，超過預期。他壓抑急迫的心理，同時也擔心樹上一些橘子已經十分成熟，不知是否能夠長久壓在樹枝上；但他把這件會讓姪女驚喜的事拖延幾星期，等到大喜的日子到來。當他看到這樣一件快樂的事在最後的時刻被一個陌生人所毀，我們不必再以什麼說詞來描述這一位心地仁慈的老貴族的內心感覺了。

　　甚至在吃飯前，少尉馬克斯也找時間和機會來修改他要在隆重獻禮中提出的那首詩。他改變詩的結尾，使得它的內涵不那麼嚴肅，盡可能地來適應新情況。此時，他拿出自己所寫的那首詩，從座位上站起來，轉向堂妹，大聲朗誦。他的詩的要旨大意如下：

　　人們相當誇耀的「金蘋果之樹」，在很久很久以前從一個西方島上的土壤長出，地點是天后朱諾（Juno）的花圃中，是「大地之母」給她的結婚禮物，由三位聲音悠美的少女加以守護。它的這根嫩枝一直希望、

渴望有同樣的好運，因為在一個可愛的女孩訂婚的日子送她一棵樹物的習俗，早就從諸神之下傳下來，在凡人之中成為流行。

經過長久又徒勞的等待後，這棵小樹終於發現了一個可以指望的少女。她對它表現出善意，時常在它身邊徘迴。但是謬思女神的月桂樹驕傲地立在它身旁的噴泉邊緣，激起它的猜忌之心，因為月桂樹威脅要奪走這個具有藝術天賦的美女的心，使她不再感覺到男人的愛。桃金孃以自己為例安慰它，教它要有耐性，但都沒有用。最後，由於它所愛的人持續不在身邊，更增加它的痛苦，經過短時間的生病後，精力消耗，終至不可救藥。

夏日來臨後，少女從遠方回家，心意有了可喜的轉變，村莊、城堡和花園全都以最強烈的喜悅之情迎接她。玫瑰和百合光彩增強，狂喜地凝視她，儘管顯得羞怯；矮樹和高樹揮動樹枝，祝她快樂。但其中一棵——啊呀，最高貴的一棵她卻太遲拜訪了。她發現它的冠

冕枯萎，她用指頭去觸碰沒有生命的莖部和樹枝裂開的頂端。它不再認識或看到一度照顧它的她。此時她留下了多麼美的眼淚，道出多麼強烈的柔情哀悼！

　　但是太陽神阿波羅（Apollo）從遠方聽到他女兒的聲音，就走近她，慈悲地檢視她的憂傷。他立刻把治癒的手放在樹上，於是樹開始顫抖，乾枯的樹皮中湧現樹汁，長出嫩綠的樹葉，白色的花到處開放，洋溢著芬芳。是的──對天上的力量而言，有什麼不可能的事呢？──優雅的圓形果實開始膨脹，三乘三個果實，符應謬斯女神的數目。它們成長再成長。當我們注意看著時，它們嫩綠變成金黃。「太陽神」──這首詩的結尾是──

　　　太陽神數一數有多少顆，
　　　是以愛意的關心去數；
　　　他的嘴角開始流口水
　　　因為想到樹上的寶物。

這位音樂之神[5]微笑著
摘下一顆，它富含多汁的自滿：
優雅美麗的人兒啊，讓我們共享，
為了愛的緣故——讓我們各享一半！

唸完這首詩，這個詩人聽到喧囂的喝采，算足給他的獎賞。雖然事情的怪異結局完全破壞這整首具有真正感情的詩的效果，但是大家還是自願忽視了事情的怪異結局。

佛蘭姬絲卡那原始的生動機智不只一次被房子的主人或莫札特所激起。此時她迅速跑開，好像忽然想起了一件事。然後她拿著一幅很大的褪色英國雕刻回來。雕刻鑲著框、上了釉，一直掛在一個很遠的角落，幾乎不為人所注意。

「我一直被告知的事情，想必是真實的，」她叫著

---

5. 阿波羅也是音樂之神。

說，在桌子的末端把雕刻豎起，「太陽底下無新事！這兒是一個來自黃金時代的情景——我們今天難道不正是生活在這種情景中？無論如何，我希望阿波羅會在這種情況中認出自己。」

「真棒！」馬克斯得意地叫出來，「所以阿波羅確實一直在那兒，這個俊美的神，在神聖的泉源上方俯身沉思著。還不只如此——請看看，還有一位半人半獸的神從樹叢後面注視著他！我們幾乎可以發誓說，阿波羅是努力要回想一種早已被遺忘的田園舞曲，是他孩童時代老開綸（Chiron）[6]教他在青特琴上彈出的田園舞曲！」

「就是這樣！不可能是別的情況！」站在莫札特後面的佛蘭姬絲卡以喝采般的聲音說。「並且，」她繼續說，「難道你沒有看到結實累累的樹枝對著這名神祇垂下去？」

---

6. 開綸是希臘神話中半人半馬的神。

「十分正確，那是他的神聖植物，橄欖樹。」

「完全不對！那是最可愛的橘子！不久他會在出神的時刻伸出一隻手去摘一顆。」

「不是的！」莫札特叫出來，「他會用一千個吻來堵住妳這兩片淘氣的唇。」說完，他抓住佛蘭姬絲卡的手臂，發誓不放她走，除非她把嘴唇朝向他。她聽命，沒有表現強烈的抗拒動作。

「但是，馬克斯啊，請告訴我們，」伯爵夫人說，「畫的下面是什麼？」

「是霍拉斯（Horace）[7]一首有名的頌歌中的詩行。譬如，這一段多麼美啊：

……他的箭弓從未放在這一邊

不用，他的長髮

浴在聖泉中，在利西亞地方的樹叢上方為王，

---

7. 霍拉斯是古羅馬詩人。

在他的原鄉草地上方，

他是巴塔拉[8]和德羅斯島[9]的君主。

「很美！真的很美！」伯爵說，「只是有些地方需
要加以闡釋。例如，『他的琴弓[10]從未放在一邊不用』，
當然是指『他一直是最勤奮的提琴手』。但是親愛的
莫札特啊，你正在兩顆有愛意的心中散播不和諧的種
子呢。」

「哎，我希望沒有。怎麼說呢？」

「尤金妮嫉羨她的好友佛蘭姬絲卡，並且也很有理
由嫉羨。」

「啊！你已經注意到我的弱點。但是她的未來丈夫
會怎麼說？」

「嗯，有一兩次——我會把頭轉開，裝著沒看到。」

---

8. 巴塔拉（Patara）是利西亞地方的一個海岸城市。
9. 德羅斯島（Delos）是太陽神阿波羅的出生地。
10. 其實這兒的琴弓應該是阿波羅的箭弓。在英文中，琴弓和箭弓都是 Bow。

「很好。我們將善用機會。同時，我的主人啊，永遠不要害怕吧。只要這兒的這位神不借給我他的臉和黃色長髮，就不會有危險。其實我希望他會！他可能會在此時此地交換莫札特的辮子，以及他最好的絲帶。」

「但是，那樣的話，」佛蘭姬絲卡笑著說，「阿波羅就必須很小心地把他新的法國髮型浴在聖泉中。」

在講述這些玩笑話和其他類似的笑話時，有趣與俏皮的氣氛越來越高漲。喝下去的酒逐漸在男人身上發揮作用，他們多次彼此互祝健康。莫札特精神昂揚，就像平常的習慣一樣開始吟詩，少尉也勇敢地吟和，甚至他的伯爵父親也不想置身度外，他嘗試吟唱的一兩首詩透露出美妙的快樂氣息。但是這種事情維持的時間太短暫了，無法永恆地把捉住，達我們的故事的目的。這種事情無法重複，因為當時令人無法抗拒的特質，其所透露的一般歡樂氣息，以及個人措詞與表情的光彩與愉悅，此刻都付之闕如。

　　除了其他方面的敬酒外，其中那位未婚姑媽也向大
師敬酒，祝他健康，保證他會見到一長串不朽的作品。
「很好！我完全準備好了，」莫札特叫出來，他的酒
杯用力與她的酒杯碰撞，發出叮噹聲。此時伯爵以有
力又真實的音調唱出一首歌，隨著靈感即席吟唱：

伯爵：
願諸神提供靈感來
讓你創造出更多作品於未來──

馬克斯（接下去）：
但不再是希坎尼德[11]的作品，也不再是
達・龐提[12]的作品面世──

---

11. 希坎尼德（Emanuel Schikaneder）是很受歡迎的威尼斯戲院指揮，也寫歌劇的
歌詞。
12. 達・龐提為「義大利歌劇院」寫歌劇歌詞。

莫札特：

不，我確實知道他們的作品不好，

但我會寫出什麼作品更好？

伯爵：

我真誠地禱告，祈請

我們那位「糖果盤先生」[13]，

那個可咒的義大利壞蛋，

活著看到你的作品全寫完！

馬克斯：

所以讓他有一百歲可活——

莫札特：

那時，連同他所有的著作——

---

13. 這是莫札特和他的朋友為薩里耶利所取的綽號，因為薩里耶利非常喜歡吃糖果。

三人，用力唱：

魔鬼把我們的

「糖果盤先生」帶走了。

伯爵非常喜歡唱歌，所以三個人就重複最後的四行，如此不經意地演變成所謂的「有終卡農」[14]，而未婚姑媽則具有足夠的幽默感——或者也許是自信心——表現最好的才能，以各種顫音來美化自己脆弱的女高音。然後，莫札特保證說，如果他有足夠的閒暇時間，他會根據作曲家的正確規則，特意把這般生動的無稽歌唱做成曲子，獻給大家。他回到維也納後，果然實現了這個諾言。

尤金妮有一段時間安靜地端詳那棵來自提柏留斯涼亭的寶樹。此時大家都表示希望聽到由她和作曲家莫

---

14. 卡農（Canon）是對位法的一種設計，依此設計，一種延伸的旋律在甲部提示，另外一部或多部則嚴格而完整的將它模仿。（引自康謳主編《大陸音樂辭典》）有終卡農即不再模仿答句，另加結尾部分以構成終止。

札特所唱的二重奏曲，而她的叔叔則很樂於再度在合唱中炫耀自己的聲音。所以他們就從桌旁站起來，匆匆走到隔壁房間中的鋼琴那兒。

雖然這段美妙的曲子讓他們心中充滿純然的喜悅，但一種快速的轉變卻自然把曲子的主題引到宴飲作樂的最高點，音樂本身不再重要。我們的這位朋友莫札特首先做出這方面的信號，從鋼琴旁跳起來，走向佛蘭姬絲卡，說服她跟他跳一曲慢華爾滋，而馬克斯則非常敏捷地拿起小提琴。他們的主人也不甘落後，邀請了莫札特夫人。眨眼之間，所有搬得動的家具都由忙碌的僕人搬走，使得空間增大。大家輪流邀請對方跳舞，而未婚的姑媽也很樂於由少尉引導去跳一曲小步舞，顯得十分年輕有活力。最後，當莫札特與未來的新娘跳最後的圓舞曲時，他很有風度地從她的美唇贏得所被承諾的權利。

傍晚已來臨，太陽將要西下。到外面活動會令人感覺很愉快，所以伯爵夫人向女生們建議到花園中呼吸

新鮮空氣。另一方面，伯爵邀請男士們到撞球室，因為他們知道莫札特很喜歡撞球。如此他們分成兩群人，我們就來加入女士們的行列吧。

她們以自在的步伐在主要的大道閒逛了一兩趟後，就走上一座四周半圍繞著高高葡萄格子架的圓形小丘，從那兒可以俯視開闊的鄉村、村莊以及公路。秋陽的最後亮光透過多葉的葡萄藤閃亮著紅光。

「這難道不是舒適地坐下來的好地方嗎？」伯爵夫人說，「只要莫札特夫人好心告訴我們有關她自己和丈夫的故事。」

她倒是很樂意，於是她們全都非常舒適地安頓下來，把椅子圍成一個圈圈。

「我來告訴妳們，」她開始說，「一個故事，妳們無論如何必須聽，因為其中涉及一個小玩笑，是我為妳們特別留的。我想到，我們可以送給即將結婚的小姐一個非常精選的禮物，做為對這個場合的紀念。所謂的禮物絕非奢侈或時髦的東西，所以如果妳們感興

趣的話，也許只是基於它的歷史而已。」

「尤金妮，會是什麼呢？」佛蘭姬絲卡說。「至少是某一個名人的墨水瓶架！」

「不會差太遠！不到一小時就知道了！這件寶貴的東西在我們的行李箱中。我要開始講我的故事了。如果妳們同意，我要稍微回顧一下。

「前年冬天，莫札特的健康情況很差，讓我相當驚慌，因為他愈來愈容易生氣，憂鬱症時常發作——事實上是處在發燒的狀態中。雖然他仍然常常熱衷於社交活動，時常熱衷到不自然的程度，但在家中通常卻沉迷於憂鬱的沉思、嘆氣與抱怨中。醫生主張節食、喝皮爾蒙礦泉水、到城市外運動。但病人不很注意這則忠告。這種治療很不方便，很消耗時間，完全抵觸他的例行生活。嗯，醫生把事情說得很嚴重，所以他只好去聽一次很長的演講，涉及人類的血以及血球的結構，涉及呼吸和熱素——我要說，妳們不曾聽過像這樣的東西—— 還有就是涉及大自然在食物、飲料和消化方

面的真正意象何在，莫札特在那時對這種事大約跟他
自己那位五歲男孩一樣無知。事實上，這次演講讓他
留下深刻印象。醫生離開還不到半小時，我就發現我
的丈夫在沉思中凝視著一根手杖，只是臉孔透露較快
活的神情。他一直在一個櫃子中搜尋這根手杖以及一
些舊東西，最後終於找到，我本來沒有想到他甚至還
記得它的存在。手杖是我的父親遺留給我們的，很好
看，有一個青金石做成的球狀手把。莫札特以前不曾
拿過手杖。我禁不住笑出來。

　　「『妳看，』他叫出來，『我要徹底專注於我的治
療以及它所涉及的一切。我想要喝那礦泉水，每天在
曠野中運動，並在這樣做的時候使用這根手杖。談到
手杖，各種想法一直在我腦海出現。因此，我不是無
緣無故認為其他人——我是說真實、可信的人——不能
沒有手杖。我們的鄰居，那位商業顧問，越過馬路去
造訪老友時都必須帶著手杖。專業人士和軍官，政府
部門的男士，商人及其顧客，當他們星期日跟家人到

城外散步時——每個人都帶著長久幫助過他們的誠實
手杖。但最重要的是，我時常觀察到，大教堂前的史
蒂芬廣場上，大約在講道或彌撒開始前的半小時，都
有體面的公民站在四周，成群閒談著。在那兒，我們
可以十分清楚看到他們的各種安祥美德，他們的勤奮
與秩序感，他們的沉著勇氣與滿足，這些都藉由手杖
的穩定支持力量而撐起來。簡言之，在這種古老、也
許很不時髦的習俗中想必可以發現什麼好處，想必可
以發現什麼安慰。信不信由你，我等不及要第一次帶
著這個好朋友過橋到跑馬場，作為我健康證明的一部
份。我們已稍微認識了，我希望我們的結合會是終生
的。』

　　「但是這種結合證明時間很短。他們兩者第三次一
起出去後，他的同伴就沒有回來了。他又買了一根，
這根手杖忠實地服務他的時間稍長。無論如何，莫札
特相當用心地聽從醫生的囑咐整整三個星期，我把這
歸因於他這種對手杖的癖好。結果也很好：我們以前

不曾看到他那麼有生氣，那麼活潑，或者脾氣那麼好。
但是，啊呀，不久之後他又變得跟以前一樣過份喜歡
嘻鬧，我每天都忙著應付他。大約就在此時發生了一
件事。有一天，他工作很辛苦、感覺很累，但還是在
很晚的時候去參加為一些好奇的旅者所舉行的音樂派
對，雖然他高調發誓說，只去一小時。但在這種場合，
一旦他在鋼琴旁坐下且精神又非常好，人們就經常以
最可恥的方式利用他的好脾氣。在這樣的時候，他會
坐在那兒，像是蒙哥菲爾氣球中的矮人兒，漂浮在離
地上六哩高的空中，聽不到鐘響。我在午夜兩次叫僕
人去找他，但沒有用，僕人無法接近主人。在大約凌
晨三點時，他終於回到家，所以我決定整天生他的
氣。」

　　莫札特夫人說到這兒沉默不語，省去了一些情
節。我們應該知道，本來莫札特妻子康絲坦澤夫人很
有理由反對的一個年輕歌唱家馬勒碧夫人（Signora
Malerbi），很可能出現在上述的晚上音樂派對中。這

個羅馬女人因莫札特的幫忙而受僱於歌劇院。她善於調情且又詭計多端，無疑贏得莫札特歡心。甚至有謠言說，她在過去幾個月曾掌控他，使他相當痛苦。但不管此事是完全真實，還是被大加誇大，可以確定的是，這個女人之後表現得很無理又忘恩，甚至還取笑她的恩人莫札特。有一次，在跟另一位較幸運的仰慕者講話時，她率直地稱呼他為 un piccolo grifo raso（一隻刮過臉的小豬的口鼻），這倒十分合乎她自己的特質。這種言辭上的巧思配稱得上女巫的毒蛇，更是意在傷害這個男人，因為我們必須承認，這種言詞上的巧思畢竟包含了一點點真實的成分。

在從這位女歌唱家最終並沒有出現的派對回家時，有一個朋友在酒酣耳熱之餘，很不謹慎地引用她對大師莫札特說過的一句惡意的話。他對此感到很不高興，因為事實上，這是他所接受到的第一則明確的證明：他所提攜的這個女人非常無情。他非常憤怒，導致他最初甚至沒有注意到妻子在床旁對他的冷漠態度。他

迫不及待告訴她自己所受到的侮辱。他的表現很誠實，因此我們推斷，他的良心並沒有感到不安。妻子很感動，因此同情他；但她故意狠下心，因為她不想讓他如此輕易逃過懲罰。中午過後不久，他從沉睡中醒來，發現妻子和兩個小孩都出去了，只不過餐食已經為他一個人準備好。

　　莫札特很少為了什麼事情感到不快樂——除了當他和妻子之間一切都不順又不和的時候。但願他也知道，過去很多天以來，妻子忍受著什麼進一步的困惱！——確實是最嚴重的困惱之一，但基於她長期的習慣，她盡可能不讓他知道是什麼困惱。她的現錢很快就會用完，有一段時間不可能有什麼收入。雖然他沒有意識到這個家庭危機，然而他內心也苦於一種壓迫感——跟她的痛苦和尷尬的狀況有關。他吃不下飯，坐立不安。他匆匆穿好衣服，就算只是為了逃脫家中悶人的氣息，他在一張沒有摺起來的紙上寫了幾行義大利文：「妳懲罰我，我非常活該。但請再一次表現得親切，在我

回家時再度開懷大笑。我感覺我可以成為卡爾特修會僧侶和特拉比斯特修會僧侶。我要說，我是可以大吼大叫的！」他很快拿了帽子，但這次沒拿手杖，手杖的風光日子已過去。

我們替康絲坦澤夫人敘述的故事到此為止，可以再稍微進行下去。

好人兒莫札特離開位於市場大堂附近的家，轉到右邊對面的「軍械庫」，閒散地沉思著、漫步著——因為那是一個溫暖但多雲的夏日午後——越過所謂的「法庭廣場」，經過緊鄰「聖母教堂」的神父的房子，朝著「英格蘭門」的方向前進，轉向左邊，爬上「乳酪磚」，以免碰到很多正要進城的熟人跟他打招呼。雖然一位在大砲旁走來走去的警衛沒有干擾他，但他還是只停留在這很短的時間，欣賞斜堤綠坡上方的美景，然後經過城堡外緣到「卡冷山」，向南朝斯泰里爾省（Styria）的阿爾卑斯山（Alps）而去。大自然的美妙祥和氣息並沒有與他內心的狀態和諧一致，他嘆一口

氣越過遊憩場，然後穿過以「阿爾瑟城郊」為人所知
的郊外，隨意閒逛著。

在「瓦伶爾街」盡頭有一間客棧，附設一間九柱戲[15]
場，主人是一位製繩商，當地的人和鄉村的人都很熟
識他。人們都因他的製品品質好，酒質也不錯，慕名
而來。人們可以聽到九柱滾動的聲音，又因為客棧最
多只能應付十二名顧客，所以生意進行得十分安靜。
我們這位大師心中有一種幾乎是無意識的渴望，想要
沉迷在一種外界的東西裡，置身於不擺架子又自然的
人們之中，於是他就走了進去，在一張桌子旁邊坐下
來。桌子有樹稀疏地遮蔽著，跟他坐在一起的是一位
來自維也納的井水探查員以及另外兩個矮胖公民。莫
札特叫了一小杯啤酒，與他們進行詳細的日常談話，
也時常到處溜達，或看著人們在九柱戲場玩遊戲。

在九柱戲場不遠地方的房子旁邊，這位製繩商的店

---

15. 保齡球的前身，用球擊倒九個瓶身的遊戲，傳入美國後才發展為十球瓶的保齡
球運動。

開著，狹窄的空間充滿了店中四處擺著或掛著出售的製具，也有鯨油、車軸油，以及幾種種子、蒔蘿和香菜。一個必須服侍顧客也必須照顧店的年輕女孩，在那個時刻剛好在忙著為一個農人服務。這個農人進店來，他的小兒子緊牽著他的手，要買一個水果量具、一個刷子、一根鞭子或類似的東西。他從這些眾多東西之中選出一個，試了試，放在一旁，又取了第二個、第三個，然後游移不決地回歸到第一個，完全無法做決定。這女孩幾次出去服侍顧客，然後又回來，毫不疲倦地幫助他做選擇，結果不用說過多的話就讓他感到滿足了。

莫札特坐在九柱戲場旁的一張低椅上，注意看著所有的情況，以及迷人臉孔上的鎮靜、嚴肅表情，但他更對那位農夫感興趣。甚至在這位農夫以非常滿意的心情離開後，莫札特還深思著他。莫札特完全認同這個農夫的觀點，感覺到他把這個微不足道的場合看得很重要，在講價時表現得很認真、謹慎，雖然價錢的

差異很小。「然後，」他沉思著，「想想看，這個人回家見到妻子時，向她誇耀講價的經過，他的所有孩子都圍在四周，等他把背包打開，看看有什麼東西要給他們。妻子則趕忙去為他拿一份點心以及一杯當季的家釀清涼蘋果汁，是他一直留著胃口去享受的。

「誰不會想要跟這個人一樣感到快樂呢？——是那麼不受人支配，只考慮大自然及其賜福，雖然大自然幾乎沒有賜福給他！

「但就我的藝術而言，我每天的工作是十分不同的，總歸來說，我不會與世界上任何人交換工作。然而，我為何必須生活在與這種天真無邪、簡單的生活完全相反的情況中呢？假定你現在有一片土地，一個美麗的地區中有一間靠近村莊的小房子，那你就一定可以過新生活！整個早晨忙著寫樂譜，其他時間忙著你家人的事、種樹、巡田，秋天時跟孩子們一起搖晃蘋果和梨子，時而去造訪城鎮，看看表演，其餘的時間時常邀請一、兩個朋友來你家——多麼幸福啊！嗯，

嗯，誰知道還會發生什麼事呢？」

　　他走到店裡面跟女孩說了一些很溫和的話，開始更仔細看著她所賣的製具。這些東西都跟上述他的想法中的田園生活傾向有直接的關係，除外，所有這些木造用具的整齊、明亮、光滑特性也吸引他，甚至它們的氣味也吸引他，他的目光停留在花園工具上，一段時間前，康絲坦澤曾在他的建議下在「卡恩特奈爾城門」外租了一小片地，在那兒種了一些綠色的東西。所以此時他深深認為，一把很大的新耙子以及一把較小的耙子，加上一隻鏟子，是最適合他的。至於其餘的，有一件事最能彰顯他的節儉想法：在沉思了一段時間後，他放棄了——雖然很遺憾——一個最吸引他、最讓他喜歡的牛油小桶。另一方面而言，他認為，一個有蓋子又有雕刻得很美的手把的高容器很適合某種不是很確定的目的。這個容器由兩種木頭的細桿構成，亮色與暗色交替，底部比頂端寬，裡面用瀝青精巧地加了工。勺子、桿麵棍、砧板和各種大小的金屬板，

一應俱全，顯然很適合廚房，一個結構最簡單的鹽盒也很適合掛在牆上。

最後，他的目光落在一根堅固的手杖上，它的把飾以皮革和圓銅釘。既然顧客似乎也為這根手杖所吸引，售貨的女孩就微笑著說，這手杖完全不是紳士所攜帶的那種。「孩子，妳說得對，」他回答，「我似乎記得肉販在旅行時帶著這種東西。把它拿走吧！我不需要它。但是，另一方面，我們所選擇的其他東西，妳要在今天或明天送到我家去。」然後他把自己的名字和住址告訴她，之後就回到桌旁要去喝完酒，但發現原來的三個人之中只有一個人還坐在那兒，是一位熟練的錫匠。

「那女孩今天表現得很好，」這個人說。「她的表兄給她一個便士，獎賞她在店中賣了東西。」

此時莫札特對自己所買的東西感到加倍滿意，但他對這個女孩的福祉的興趣將會更加增強。女侍再度來到他們這兒時，這個錫匠對她叫道：「柯蕾任茲

（Kreszenz），妳還好嗎？鎖匠還好嗎？他不是不久就要冶自己的鐵了嗎？」

「哦，廢話！」她再度匆匆走開時這樣說道。「我想他的任何一塊鐵都還在山中生長。」

「她是一個高尚的女孩，」錫匠說。「她為繼父理家很長的時間，生病時都照顧他，他去世時，她發現他用掉了她的錢。從此以後，她就在這兒為親人工作，她是整個店、客棧、孩子以及所有一切的唯一依靠。她認識一個很不錯的男人，很樂於和他結婚，愈快愈好，但事情有困難。」

「什麼樣的困難？我想是男人沒有錢？」

「他們倆人都有點積蓄，但並不夠。一間房子的一半以及一個工作坊不久就要在城裡拍賣。這位製繩商很容易借給他們存款不夠的部分，但是他當然不想讓這女孩離開。他在市議會和同業工會都有好朋友，所以她的這個年輕人在每方面都遇到困難。」

「去它的！」莫札特爆粗口，對方吃了一驚，環顧

四周，看看是否有人在聽。「那麼，就是沒有人為正義說一句話，或對這些男士的臉揮拳嗎？無賴！不過等著吧，我們會整你們的！」

錫匠坐在那兒，如坐針氈。他很笨拙地努力緩和自己說出來的話，幾乎把話全部收回，但莫札特不聽。「可恥啊，」他說，「你說話的方式可恥。一旦你們這些可憐的人被請去支持你們的說詞時，就是經常這樣表現。」他沒有向這位儒夫道別就把背轉向他。經過在忙著服侍一些新顧客的女侍時，他只低聲說：「明天早點來。代我向妳的年輕人致意。希望妳的戀愛順利。」她吃了一驚，沒有時間也沒有平靜的心情謝謝他。

他所聽到的這件事讓他相當憤慨，所以走路的速度比平常快。他先走當初來這兒的路，一直到斜堤的地方。之後他放鬆腳步，走迂迴路，繞著城牆走了大大的半個圈子。他的心思完全專注於那對不快樂情人的事，他想起很多認識的人和贊助者，他們可以在某方

面幫點忙。但他最好等女孩給予他較準確的說明，才下決心採取任何步驟，所以他決定安靜地等較準確的說明。此時，他的感情與理智的進展，都超過腳步的速度，感覺已經回家與妻子待在一起了。

他內心很確定自己可以期望妻子以和藹可親、甚至令人愉快的模樣迎接他，一踏上門檻就贏得一個吻和擁抱。當他進入「卡恩特奈爾城門」時，渴望的心情促使他加倍腳步和速度。在離那兒不遠的地方，一位郵差跟他打招呼，拿給他一包很小但很重的東西，他立刻認出上面清晰、嚴謹的字跡。他跟郵差走到一旁，進入最近的店去簽收據。但一旦回到街上，他就等不及要回家了。他打開那包東西的封口，時而走著，時而停下來，匆匆看著內容。

「當時我正坐在桌旁，」莫札特夫人說道，繼續對女士們敘述自己的故事，「聽到我的丈夫上樓，問僕人我在哪裡。他的腳步和說話聲聽起來比我所期望的更加愉快、有自信，或者說，比我實際上樂於聽到的

更加愉快、有自信。首先,他走到自己的房間,但又立刻迎面對我走來。『晚安,』他說。我沒有抬頭,只以陰鬱的聲音回答他。他在房間默默走來走去一、兩次,假裝打呵欠,從門後拿起蒼蠅拍,這是他以前不曾想到要做的事。然後他喃喃自語:『所有這些蒼蠅到底是從哪裡來的,我很想知道!』他開始左右使勁打蒼蠅。那種噪音是他一直無法忍受的,所以我不曾敢在他面前使用蒼蠅拍。『嗯!』我想著,『男人自己主動去做,又是另一回事了!』此外,我並沒有真正注意到有那麼多蒼蠅。這種奇異行為確實讓我感到很困擾。『一次拍到六隻!』他叫出來。『看看啊!』我沒有回答。接著他把什麼東西放在我的針墊上,我甚至眼睛不用移離我正在做的工作,也看得到。那只不過是一小疊錢,可以用拇指和食指夾起來的數目。他繼續在我背後進行那種奇異的行為,有時打蒼蠅,一直自言自語:『討人厭、沒用、厚顏的東西!牠們到底為什麼存在於這個世界上?我很想知道。』──

啪！『顯然為了讓我們可能殺掉牠們！』──啪！──『我必須說，我也是這方面的好手。自然告訴我們說，動物以多麼驚人的速度繁殖！』──啪！啪！──『但在我的房子裡面，我會經常立刻把牠們消滅的！啊，該死的東西！不顧死活！絕望吧，你們這些壞東西！又是二十隻，一共！妳喜歡嗎？』他又走到我這邊，做跟以前同樣的事情。在這之前我都努力抑制笑聲，但此時我再也忍不住了。我爆笑出聲，他撲在我脖子上，我們兩人傻笑著、大笑著，好像在比賽誰會笑贏。

「『但是，錢是哪裡來的呢？』我問，而他從一小捲鈔票中把其餘的錢取出來。『是從伊熱特哈吉王子（Prince Eszterhazy）那兒得來的！經由海頓（Joseph Haydn）[16]的手中轉來！妳讀讀這封信吧！』以下是我所讀到的內容：

「『寄自艾森塔特（Eisenstadt），等等。最親愛

---

16. 海頓是與莫札特和貝多芬同為傑出的作曲家，莫札特曾把自己最偉大的六首弦樂四重奏獻給海頓。

的朋友：我最親愛的主人「尊貴的殿下」託我把附在信中的六十金幣寄給你，我甚感愉快。我們最近曾再度演奏你的四重奏，「尊貴的殿下」甚至比三個月前第一次演奏時更加感動，也更高興。「王子」對我說（我必須寫下他所說的準確字眼）：「當莫札特把這部作品獻給你時，他只想增加你的榮耀，但如果我同時在其中看到對我的讚美，你也不會反對。請告訴他，我對他的天才的評價幾乎跟你一樣高，他的要求不能比這更多了。」「誠心所願！」我這樣說。你滿意嗎？

「『附言：要對你迷人的妻子說一句話。注意，要盡快謝謝她，最好親自做。不要失去這樣一個好機會。』」

「『天使般的使者啊！神聖的靈魂！』莫札特一再這樣說。很難說哪一者最讓他高興——這封信？王子的讚美？還是錢？我自己則坦承，就在那個時刻，最後一者對我而言是最棒的及時雨。我們度過了一個最歡樂的晚上。

　　「至於在『阿爾瑟城郊』的歷險，我那一天沒有聽到有關的消息，第二天也幾乎沒有聽到。整個第二星期悄悄過去了，那女侍柯蕾任茲並沒有出現。我丈夫的事千頭萬緒，他忘記了有關柯蕾任茲的事。有一個星期六的晚上，我們在款待客人：衛色特上尉（Captain Wesselt）、哈德格伯爵（Count Hardegg）和其他人來參加音樂會。休息時，我被叫出房間，看到一大堆東西在那兒！我走回去，問道，『你在阿爾瑟城郊定了那些木製的東西嗎？』『天啊！我是訂了！不是有一個女孩在那兒嗎？要她進來吧。』所以女孩非常愉快地進來，把裝滿東西的籃子帶進房間，還有耙子、鏟子和所有的東西。她為了這麼久才來表示歉意，她記不得街道的名字，直到那一天才確定。」

　　「莫札特從她身上把東西一件一件取過來，然後交給我，看起來很滿意。我裝得很高興，非常衷心地謝謝他，讚美每件東西，但禁不住懷疑為何他買了花園工具。──『嗯，很自然，』他說，『為了妳那小

片位於維也納堤岸的土地。』『天啊！我們在很久以前就放棄它了！水總是造成很大的傷害，何況，我們不曾有任何東西可以種在那兒。我曾告訴你這一切，你也沒有異議。』『什麼！所以我們今年春天所吃的蘆筍？』『全都買自市場！』『啊！但願我早知道！我是純粹出於禮貌而讚美，因為我真的被妳和妳的園藝所感動。蘆筍可憐的小小頭部，不會比很多鵝毛筆大！』

「在場的男性客人覺得這件趣事很有意思。我必須很快把多餘的東西做為紀念品送給一些客人，但是，當莫札特問那女孩有關她的婚姻的問題時，她鼓起勇氣，十分坦誠地說出來，因為我們要為她和她的年輕情人所做的任何事，一定會悄悄地做、謹慎地做，不會讓任何人有抱怨的理由。她很謙虛、小心、節制地說出一切，贏得所有在場的人的認可，最後，我們在送她走時，都提供一些非常能鼓勵她的承諾。」

「『我們必須幫助這些人，』在場的上尉說。『同

業公會所做的事情倒是最小的問題，因為我認識一個人，他不久就會把這件事導正。問題是如何捐錢為他們買房子、開創事業以及等等的。我建議我們向朋友宣布在特拉內廳（Trattnern's Hall）舉行音樂會，每個人盡可能出錢買票，你們意下如何？』這個想法獲得大家熱烈讚同，一位男士拿起那鹽盒，說道：『有人應該以美好的歷史性論述來開啟音樂會的運作，描述莫札特先生如何購買家具，說明他的慈善志向。我應該把這個漂亮的鹽盒放在桌上，作為募錢盒，兩根耙子交叉放在鹽盒後面，作為裝飾品。』

「當然沒有人做這件事，但另一方面而言，音樂會確實舉行了。結果我們的收入很不錯，之後還有不同的捐款進來，所以這對快樂的男女得到了足夠的錢還有剩，不久也克服了其他障礙。布拉格的杜斯契克（Duschek）夫妻是我們在那兒最要好的朋友，我們通常會住在他們那。他們聽到此事後，非常溫和、仁慈的妻子要求一件新奇的收藏品，所以我們把最適合她

的一件東西保留起來，利用這次的機會帶在身邊。但
是，既然我們不期然發現一位可喜的新藝術家同好不
久就要成家了，而且我認為她不會輕視由莫札特所選
的一件家中普通東西，所以我想把帶來的東西分成兩
份，妳可以在一件好看的透雕縷刻巧克力攪拌器和前
面提到的那個鹽盒之間做一個選擇。身為藝術家的莫
札特在鹽盒上裝飾了一朵優雅的鬱金香，我力勸妳選
這樣東西，因為鹽是高貴的日用品，我相信它象徵家
和好客之情，而我們衷心祝福妳享有家和好客之情。」

莫札特夫人的故事就在這兒結束。我們可以想像女
士們聽到故事後心情是多麼愉快，也可以想像當事人
是以多麼感激的心情接受那件禮物。歡樂的氣氛緊接
著再度出現。回到家後，在她們面前以及樓上的男人
面前，那件象徵家族的單純特性的東西正式出現。尤
金妮的叔叔答應讓這件東西在新主人以及她的最遠後
代的板金櫥櫃之中占有一席之地，不亞於那位佛羅倫
斯大師的那件著名藝術品[17]在安布拉斯（Ambras）[18]的

收藏品中所佔有的地位。

此時已幾乎八點鐘了，他們開始喝茶。但不久便有人急迫地提醒我們的大師中午所承諾的事情：讓大家更熟悉那個以「浪蕩子」為主角的歌劇故事。莫札特把故事鎖在行李箱中，只不過很幸運地不是鎖在太深的地方。他非常自然地宣稱自己準備好了，沒有花很長的時間就說明了情節，打開來內文，點好了蠟燭立在鋼琴上。

我們希望至少可以把某種不尋常的情緒傳達給我們的讀者。如果我們經過窗旁，聽到一個單一和弦——只可能來自窗旁的一個和弦—— 這樣一種不尋常的情緒時常會讓我們感到很興奮，好像受到電擊，好似著了迷。那是一種美妙卻痛苦的懸疑，當我們坐在演奏管弦

17. 指文藝復興時期知名雕刻家與金匠色利尼（Benvenuto Cellini）受委託打造的金鹽盒。
18. 安布拉斯是奧地利一座文藝復興時期的宮殿城堡建築，收藏有眾多藝術品。

樂的戲院，等著幕啟時，卻會有這種懸疑感覺。或者，
難道它不是這種感覺嗎？如果在每種透露崇高悲劇意
味的藝術作品開演前，無論是《馬克白》（Macbeth）、
《伊底帕斯》（Oedipus）或任何其作品，我們都會感
覺到永恆之美的震顫，那麼，這種震顫還會在什麼別
的地方比現在更強烈、或甚至具同樣的力量呢？人渴
望從平常的自我之中進入狂喜狀態，但同時也害怕；
他會感覺到自己即將與「無限」接觸，感覺到「無限」
會如何壓縮他的胸房，雖然其目的一直都是要擴展他
的胸房，藉由其力量迷住他的精神。我們還要加上他
在面對至上的藝術時所產生的敬畏心。他認為自己可
以享有一種神似的奇蹟，將它同化，成為跟自己相似
的東西。這種想法會引出一種感情，甚至一種自傲的
心理，可能是我們所能感受到的最快樂和最純粹的感
情。

　　但在這一切之外還要再加上一點，那就是，這些人
此時即將第一次認識一部我們從年輕時候就熟悉的作

品。這種情況跟我們的情況完全不同。但就算這些人很幸運，有作曲家親自為他們說明，他們的這種情況還是不像我們那樣有利，因為他們中任何一個人其實都不可能對這部作品有一種清晰和完整的概念。就算整部作品一字不刪地完全呈現在他們眼前，他們也不可能會有清晰和完整的概念，其理由不只一端而已。

在這位作曲家已經完全寫好的十八個曲子之中，他也許甚至沒有將其中的一半搬上舞台（我們在據以敘述這故事的報告中發現，這個系列中只有最後一個曲子被特意提到，即那部六重唱曲）。莫札特似乎大部分都以鋼琴的自由演奏方式加以詮釋，在必要和適當的時候加進他自己的聲音。至於他的妻子，根據紀錄，她只表演兩首詠嘆調。據說她的聲音既可愛又強有力，所以我們認為，這兩首就是安娜（Donna Anna）的第一首歌〈他是想剝奪我榮譽的人〉（Or sai chi l' onore）以及澤琳娜所唱的兩首歌的其中一首。

嚴格說，就智力和品味而言，尤金妮和她的未婚夫

是莫札特這位大師自然會想要的那一類型聽眾,而前
者更勝後者無數倍。他們兩人坐在房間的遠端,年輕
女人像雕像一樣不動,深深沉迷在音樂中。在短暫的
休息時間中,其他人只是很羞怯地表達出自己對音樂
的興趣,或者,內心的情緒在讚賞的叫聲中不自主地
洩露出來,而她則甚至對未婚夫對她所說的話也沒有
充分回答。

　　莫札特結束了無比動人且引起長久討論的六重唱
後,似乎特別感興趣又滿足地傾聽未婚夫男爵的某些
評論。他們正在談到歌劇的最後一幕,也談到暫時訂
在十一月的歌劇演出。有人表示,最後一幕的某些地
方可能還要讓莫札特很費心,他聽了後露出神秘的微
笑。但是,康絲坦澤很大聲地對伯爵夫人說話,莫札
特免不了聽到:「他還暗藏著什麼,不讓我知道。」

　　「親愛的,妳提到這一點,」他回答,「倒不像在
扮演尋常的角色。說不定我已想到要一切重新來呢!
事實上,我很想這樣做。」

「雷波瑞羅（Leporello）[19]啊！」伯爵叫出來，愉快地跳起來，以唱歌的聲音對一位僕人說，「酒！席勒利酒[20]，三瓶！」

「哦，請不要！喝酒的時間已過去。我的丈夫與主人喝完最後一杯酒還沒復原呢。」

「那麼祝他喝酒健康！我們所有的人也一樣！」

「天啊！我做了什麼啊？」康絲坦澤悲傷地說，瞄了一下鐘。「已經十一點了，明天我們必須一早就出發，怎麼辦？」

「親愛的朋友，我認為沒有辦法。嗯，確實沒辦法。」

「然而，事情，」莫札特開始說，「時常會以非常巧妙的方式發生。如果我的妻子聽說，她即將聽到的作品是在某夜大約這個時候，就在安排一次旅程之前，誕生於這個世界上，她會怎麼說呢？」

---

19. 伯爵故意把僕人的名字叫成唐喬凡尼的僕人的名字雷波瑞羅。
20. 席勒利酒（Sillery）是產於席勒利村莊的葡萄香檳，自從十七世紀就很有名。

「可能嗎？什麼時候？我想是三星期前你要到艾森塔特的時候？」

「是的！事情是這樣的。十點鐘之後，當妳已經睡得很熟的時候，我在黎奇特（Richter）家吃完晚餐回來，想要早一點睡，就像我所承諾的，以便早早起床，在馬車中坐好位置。同時，維特（Veit）跟平常一樣在我的書桌上點了蠟燭。我機械地套上睡衣，想到要再一次很快看一下我最後的作品；但是，啊呀！很不幸——哦，女人愛管閒事真可咒，在最不當的時候管閒事！——妳已經把東西都收走，把我的樂譜包裝好——因為我當然必須帶著走，王子希望我讓他試聽。我四處找樂譜，抱怨著、責罵著，但沒有用！就在這期間，一個密封的信封吸引我的眼光，從地址的潦草字跡來判斷，是阿巴特（Abbate）[21]寄來的。是的，確實是如此，他把其餘的歌劇歌詞郵寄給我，內容經過適當的修訂。我本來不指望之後整整一個月的時間會看得到。

---

21. 達·龐提（Lorenzo da ponte）受洗前的名字。

我立刻很興奮地坐下來看完。我看出這個怪人了解到我想要的是什麼，內心很著迷。作品變得遠更簡單、濃縮，同時內容更豐富。教會墓地那一景和最後一幕一直到男主角下冥府，都以各種方式大大修改。『但是，我所讚賞的詩人啊，這一次，』我想著，『你再度為我想像出天堂與地獄，會得到我的感謝的！』

「一般而言，無論情況多麼誘人，習慣上我都不會不按程序來寫出作品。這經常是一種壞習慣，可能導致非常令人不愉快的後果，但也有例外。簡言之，在爵士的騎馬雕像前的那一景，以及從被謀殺者墳墓中發出威脅的聲音，忽然打斷夜晚狂歡者的笑聲，具毛骨悚然效果——這一切早已出現在我腦中。我撥動一個弦，感覺到自己在敲正確的門，而在門後隱藏著所有恐怖情景，一個摟著一個，在最後一幕釋放出來。嗯，最先出現的是慢板：D小調，只有四個樂節，接著是第二樂句，有五個樂節——只要最有力的管樂器為聲音伴奏，我認為都會在戲院中產生不尋常效果。現在請

聽我盡力處理這一部分。」

他立刻吹熄立在身邊的兩個枝狀燭台的亮光，於是「你將在黎明前停止笑聲」的嚴肅讚美歌在房間的死寂氣息中響起。好像來自遠方星星的運行軌道，音符從銀製長號落下，感覺很冰冷，刺穿內心與脊髓，直透藍色的夜。

「誰在那兒？回答！」我們聽到唐璜（Don Juan）[22]這樣問。然後聲音又以同樣的單音調響出，命令不信神的年輕人安靜地離開死者。

當這些響亮音調的最後震動在空氣中消失時，莫札特繼續說：「你們可以了解，我當時無法停下來。一旦冰在岸上的某一點破裂，整個湖面就會同時破裂，而破裂聲甚至會在最遙遠的角落迴響。之後我不由自主地把握同樣的線索，那就是唐喬凡尼的晚餐派對的那一點，當時伊薇蕾（Donna Elvira）剛出去，而鬼魂

---

22. 唐璜（Don Juan）原為西班牙著名傳說人物，義大利文 Don Giovanni，即唐喬凡尼。

在唐喬凡尼的邀請下出現。請聽！」

接著就是整個那冗長又可怕的對話。藉著這段對話，甚至最實事求是的人也會突然被帶到人心所能想像的最遠界限；是的，還超越這界限，到達我們看著超自然事物、聽到其聲音的地方，感覺自己內心最深處被剝奪了意志，從一個極端被投向另一個極端。

雖然死者的不死聲音對人類的言詞而言已經很陌生，但它還是再度發言。在第一次可怕的致意後不久，已經處於半不朽狀態的他對所提供的塵世食物不屑一顧，他的聲音在一種無形音階的奇異音程之間飄來飄去，就像在由空氣織成的梯子上游移，音效多麼離奇、可怕啊！他要求快速決定悔改，因為他被給予的時間很短，而路途卻非常遙遠！唐喬凡尼表現出怪異的倔強模樣蔑視永恆的慣例，在困惑中掙扎著，在兇惡力量的增強猛襲中扭打，最後下沉，每種姿態仍然透露充分的莊嚴——在面對這種情景時，有什麼人的心和內臟不會因恐懼結合以喜悅而受到騷動呢？這種情緒可

以比擬為我們驚奇地凝視著大自然某種無法駕馭的力量所導致的輝煌情景，或者凝視著一艘華麗船上的一場大火時所產生的情緒。我們禁不住同情其盲目的力量，在體驗自我毀滅的痛苦過程中的那種苦難時咬牙切齒。

作曲家的作品已經結束了。有一段時間，沒有人敢先打破全面的沉寂。

「告訴我們吧，」伯爵夫人仍喘不過氣地開始說，「請告訴我們，當你在那一晚放下筆時有什麼感覺？」

他閃亮的眼睛看著伯爵夫人，好像從一種安詳的幻想中驚起，迅速集中心思，半對伯爵夫人半對妻子說：「當我寫完時，我的頭感到眩暈。我已寫了這齣孤注一擲的辯論劇，一直寫到幽靈的合唱。我坐在開著的窗旁，處在非常狂熱的狀態中，不停地寫著，直到完成為止。暫停一會後，我從椅子旁站起來，想要到妳的房間，再閒談一會，直到我冷靜下來。但此時心中閃過一種想法，我忽然在房間中途停下來。」

　　說到這兒，他低頭看著地上幾秒鐘，接著他的聲音還透露出一種幾乎知覺不出來的激動。「當時我對自己說：『現在假定你今夜將死去，必須在此刻停止寫樂譜，那麼你在墳墓中會安心嗎？』我的眼光落在我手中蠟燭的燭芯，以及滴下來的一堆蠟。想到這兒，

　　陣短暫的痛苦掠過我的內心。然後我又想著：『但假定之後的一段時間，無論長短，有另一個人，也許是一個義大利人接手這齣歌劇，繼續寫完，發現整部作品寫得很簡潔，從引言到第十七首曲子都是如此——除了一段之外——像美好、健全、成熟的果實被搖落到長長的草中，他只需要把它們撿起來——然而，他還是對這兒的最後一幕中間部分感到有點不放心——然後，就在那個時刻，他發現這塊堅固的石頭已經移除：他很可能為此偷笑！他也許會很想騙取我的聲譽與榮耀。但是如果他這樣做的話，一定會燙傷手的。畢竟，還會有我的一些好朋友認得我作品的特點，為我維持該有的信譽。』所以我開始感謝上帝，眼睛向上看，衷

心表示感激，也感謝親愛的妻子，感謝妳的好天使，
因為他的兩手輕輕放在妳的額頭很長的時間，使得妳
像睡鼠一樣繼續沉睡，甚至都無法叫我一次。但是當
我終於來到妳身邊，而妳問我是什麼時候了，我就不
動聲色地欺騙妳，讓妳比實際年齡年輕一、兩小時，
其實當時已接近四點。現在妳會了解了，為何那天早
晨妳無法在六點叫我起床，所以車夫必須被遣送回家，
第二天再來。」

「當然，」康絲坦澤回答，「但是你這個狡猾的人
卻也不必認為我是那麼蠢，什麼事都沒有注意到！你
其實沒有理由對我隱瞞你作品的美妙進展情況！」

「啊，那不是理由。」

「我知道—— 你想自己保有寶貝的東西一會兒的時
間，不讓每個人為它而驚叫。」

「我很高興，」他們溫和的主人叫說，「如果莫札
特先生明天無法早起床，我們就不必傷害到維也納任
何車夫高貴的心。那個命令，漢斯，『再度把馬具卸

下』，總是會讓人心煩。」

這是間接邀請莫札特夫婦再待久一點，其他人也以最真誠和懇求的態度加以邀請。這對旅人莫札特夫婦提出令人信服的理由，說他們做不到。但是，有一點他們欣然表示同意：不要太早出發，待夠長的時間，一起享受舒適的早餐。

他們又成群站著或四處走動一段時間，談著話。莫札特在找一個人，顯然是那位未來的新娘。但她當時剛好不在場，所以他就天真地把本來要直接問她的問題轉而向站在旁邊的佛蘭姬絲卡提問：「嗯，整體而言，妳對《唐喬凡尼》有什麼看法？妳能為它預測什麼好運氣？」

「我會努力，」佛蘭姬絲卡笑著回答，「代替我表妹回答你。我粗淺的意見是：如果《唐喬凡尼》沒有讓全世界的人感到自負，那麼上帝大可以關起音樂盒，也就是無限期關閉，並讓人類知道⋯⋯」「並給予人類，」她的叔叔糾正她，「一個風笛，帶在身上，使

得他們硬起心腸，轉而去崇拜異神。」

「天啊！」莫札特笑著說。「但是，聽著！在我死了很久的六十年或七十年中，很多假冒的預言家[23]會出現。」

此時尤金妮跟未婚夫男爵和馬克斯走過來，談話不知不覺有了新的轉變，再度變得很嚴肅又有份量，所以在眾人再度散去之前，作曲家莫札特有幸聽到很多符合他希望的美好又有意義的評論。

午夜過後很久大家才分散開，那時，他們才發覺自己多麼需要休息。

第二天天氣不比前天差。大約十點鐘時，一輛十分漂亮的馬車載著這兩位從維也納來的客人的行李，停在城堡的庭院。在馬匹還未牽出來前不久，伯爵跟莫札特站在馬車前面，他問莫札特是否喜歡那輛馬車。

「非常喜歡，似乎極為舒適。」

---

23. 作者是指音樂不為莫札特喜歡的華格納（Richard Wagner）和李斯特（Franz Liszt）。

「很好！那麼我有榮幸讓你保有它，作為我送的禮物嗎？」

「什麼！你是說真的嗎？」

「我怎麼可能不是說真的？」

「天啊！康絲坦澤！來啊！」他朝妻子跟別人一起望出來的窗子那兒叫著。「馬車要送給我呢！將來妳要坐妳自己的馬車」！」

他對著露出開朗微笑的贈送者張開雙臂，然後繞著已經屬於自己的新財產走動，從每個角度看著它，打開車門，坐進去，對他們叫著說：「我感覺像騎士格拉克[24]那樣莊嚴又傑出！他們在維也納一定會對它行注目禮！」

「我希望，」伯爵夫人說，「你從布拉格回來時，我們將看到你的馬車全部掛滿了花環。」

這個歡樂的情景出現後不久，這輛成為許多人讚美

---

24. 格拉克（Christoph Willibald Gluck）：是當時成功的歌劇作曲家，被皇帝封為騎士。

對象的馬車開始駛離，在一雙漂亮的馬匹的拖曳下，以輕快的速度朝大路出發。伯爵派遣自己的馬匹加入行列，一直送到威亭高（Wittingau）之遠。他們將在那兒雇用驛馬。

　　通常，如果仁慈的好人出現在我們的房子中，使得房子有一段時間顯得生氣蓬勃，藉由他們激勵人心的知性氛圍為我們的生活注入清新與快速的生命動力，讓我們充分經驗到好客的福祉，那麼，他們的離去總是會讓我們至少在一天的其餘時間中感受到不舒適的平淡無味——也就是說，如果我們再度完全獨處的話。

　　但是，最後這種情況至少沒有影響到城堡中的成員。是的，佛蘭姬絲卡的父母以及跟他們一起的老姑媽，也在之後立刻離開，但是年輕的女子尤金妮以及未來的新郎還是待下來，更不用說馬克斯。就我們在這兒特別關心的尤金妮而言，這個極為寶貴的經驗對她的影響，比對所有其他人更深刻，所以我們大可以認為，她不會發現什麼匱乏、差錯，不會發現讓她掃

興的任何事情。她與真正愛著的男人之間的那種完全
幸福，剛剛獲得正式的肯定，一定會掩蓋過其他的一
切。是的，這是能夠感動她內心的最高貴和最美的經
驗，已不可避免地與她滿滿的幸福熔合在一起。或者
說，如果她能夠在那一天以及前一天只活在當下，並
且在之後只活在其後續作用的純粹愉悅中，則一定會
出現這種熔合。但那天晚上，當莫札特的妻子告訴她
故事時，雖然莫札特的可愛表現讓她感到很高興，但
她已經微微為他感到憂慮。在莫札特彈奏的整個過程
中，這種預兆騷動著她的意識深處，在音樂那難以言
喻的魅力與神秘的恐怖中隱約出現。莫札特不經意地
說出有關自己的軼事，透露同樣的預兆，終於使她深
感震驚。她完全確定，這個人會很快、不可避免地被
自己的熱心之火所毀，他很可能只是這個世界上一個
短暫的幽靈，因為這個世界事實上無法忍受他所大量
提供的壓倒性豐美。

　　此事以及更多其他的事曾在前天於她胸中起伏著，

而《唐喬凡尼》那些迷亂的回音仍然在她的耳朵深處
迴響。她要一直到快近早晨時才在疲乏不堪的情況下
入睡。

　　三個女人此時在花園中安頓下來工作，男人們陪伴
著她們。他們很自然地首先談起莫札特，所以尤金妮
就說出內心的擔憂。其他人一點也不想分擔這些擔憂，
只不過未婚夫男爵其實充分了解造成這種擔憂的原因。
在快樂的時辰中，在純然人類情感和感激的心情中，
我們都習慣盡量不去想那些不會直接影響他們的不幸。
尤金妮的叔叔尤其說出與她相反的最有力又吸引人的
證據，她也多麼高興地傾聽著！如果她的叔叔再多說
一些，她就會真的相信，是自己以太陰鬱的觀點看待
事情了。

　　一會後，她穿過樓上剛打掃過、再度整理好的大
廳，綠色的斜紋布窗簾被拉了起來，只有微光透過，
她悲傷地在鋼琴前停下來，長久沉思地凝視著莫札特
最後碰觸過的琴鍵，然後輕輕關上琴蓋，很珍惜又小

心地拿走鑰匙，之後一段長時間將不會有別人的手再
打開它。她在轉身離開時，不經意地把一些歌譜放回
定位。一張古老的歌譜掉落下來，是一首波希米亞的
民歌，在較早的日子裡佛蘭姬絲卡時常唱這首歌，她
自己也常唱。她把歌譜撿起來——以前她也會照樣這樣
做，這次並不特別。就她的心情而言，最自然發生的
事也很容易顯得像是一種徵兆。但是無論她可能以什
麼方式加以詮釋，這首歌的內容是那麼感人，當她重
讀那些簡單的詩行時，熱淚不禁簌簌而下。

　　一棵小小的綠色樅樹，
　　位於森林之中的什麼地方；
　　一棵玫瑰樹——有誰會說
　　長在什麼玫瑰園中？
　　——它們已被選中，
　　我的靈魂，啊，請沉思！
　　要根植在你的墳上，

在那兒欣欣向榮。

一雙黑色的小馬，在那兒
的草地上吃草，
朝家的方向前進到城鎮，
歡樂地跑著。
——在來到你的棺木前的時候，
牠們的步伐會慢下來，
也許——誰知道呢？——就在
我此時看到牠們的蹄上
閃閃發亮的那些蹄鐵
還未掙脫之前。

莫札特，前往布拉格途中

莫札特的童年時代
Great Musicians as Children：MOZART

佛蘭西絲卡‧謝維墨
Franciska Schwimmer

　　如果仙女們曾經贈送禮物給一位新生兒，那麼當莫札特在奧地利迷人的薩爾茲堡（Salzburg）誕生時，仙女們的心情想必是特別慷慨。

　　然而，在真正的仙女故事中，總是有一位淘氣的精靈把一件令人不愉快的東西，加工在她仁慈姊妹們一直大放送給自己特別喜愛的一個人身上的那些寶貴東西上。在賜給莫札特美妙天才的仙女之中，想必也有這樣一位淘氣的仙女。這位壞仙女想必在莫札特身上強加一種東西，使得他雖然一生努力要為自己非凡的藝術創作爭取適當的物質回報，結果卻枉然。

　　莫札特在短暫的一生為世人所寫的音樂，是一種無法衡量的珍寶。但是，如果他那一代的人能讓這位全然是心靈方面的天才免於為了生計而永遠在掙扎，則他所能再創造的音樂是無法估計的。沒錯，國王與皇后、女皇與沙皇、王子與公主，他那個時代的世俗大人物，都對他表示敬意，送給他禮物。從他的童年時代的最早期，頭銜與榮耀都加在他身上，但這些鑑賞

的表現都無助於他付房租、買食物與衣服。在他的整個一生中，他實際上必須為這一切而辛苦工作。但這種辛苦工作是意味著演奏或創造音樂，所以他從來不感覺不快樂。

甚至當他實際上是在挨餓時，他也不曾感到不快樂。「有兩天的時間，我侷促在屋子裡，感覺很冷，」有一次他在信裡告訴父親，「但很幸運的是，我幾乎沒有食慾，因為終究說來，我並不方便買食物。」

莫札特是各個時代中最驚人的神童。他的名字召喚出純粹陽光的圖像，召喚出所有迷人又優雅的事物。

他的名字首先召喚出來的圖像是：一個穿著朝臣特製衣服的狡猾小男孩。奧地利的女皇瑪麗亞·特蕾莎（Maria Theresia）送給這位「小巫師」——皇帝佛蘭西斯一世（Francis I）這樣稱呼莫札特——她自己兒子的一套宮廷衣服。我們看到這個六歲小男孩穿著僵硬的鑲金衣服，上面飾有蕾絲皺褶和花式鈕扣，腰間掛著一隻金柄小劍。小莫札特一點也沒有為這件華美的

衣服留下深刻印象，跟穿上任何簡單的自製衣服一樣
玩耍著。

　　有一次，他在皇家沙龍中嬉戲，絆到那隻從腰間垂
下來的劍，跌倒在地上。女大公瑪麗‧安東尼（Marie
Antoinette）趕忙去扶他起來。六歲大的莫札特充滿感
激之情，大聲說道：「妳真好，我要跟妳結婚。」女
皇瑪麗亞‧特蕾莎聽到如此慷慨的承諾，覺得很有趣，
就問道：「你為何要跟她結婚？」「因為感激，」小
男孩回答，「她對我好，她扶我起來，而她的姊姊卻
站在一旁，什麼都不做。」

　　公主和王后擁抱又親吻這位諸神的寵兒，凡是接觸
到這個可愛小孩的人都愛護他、讚賞他、喜愛他。雖
然之後由於莫札特同事的羨慕、貪婪和嫉妒為他的成
年生活帶來很多困惱，而贊助者和大眾的冷漠也為他
帶來很多痛苦，但他在童年時代卻享受了洋溢喜悅的
十足快樂。

　　一種象徵最深家庭情感的珍貴氛圍把莫札特家中的

四個成員緊緊結合在一起。莫札特從母親身上遺傳了一種強烈的幽默感以及快活、爽朗、隨遇而安的性情；從父親身上他則遺傳了音樂的天賦。

父親李奧波德‧莫札特（Leopold Mozart）是專業音樂家和作曲家，也是很為人賞識的音樂教師。他很早就發覺他的小女兒——莫札特的姊姊——有很大的音樂天分，在她八歲時就教她彈翼琴[25]。讓父親很驚奇的是，三歲大的莫札特也跟小女孩蘭妮爾（Nannerl）一樣對這種課程很感興趣。

嬰孩時代的莫札特會爬上樂器前面的椅子，以優雅的姿態觸碰琴鍵。當他成功地碰觸出悅耳的三度和音和其他和諧的音符時，就發出嬰兒的歡呼聲。父親知道兒子有不尋常的天賦，就在莫札特幾乎才三歲時，用翼琴教他彈小曲子。這個孩子才四歲時，就開始寫出小曲子，由他父親為他記下來。他的演奏以及他在這個嬰孩時代所作的曲子，品質之優令人無法相信。

---

25. 鋼琴的前身。

　　他的音感和記憶很是神奇。他很喜歡玩笑，很淘氣，但如果他能將兩者結合音樂，他則感到更快樂。家中的一個朋友這樣寫及莫札特童年最早的時段：「甚至他的童年遊戲和玩具必須伴隨著音樂。當我們把他的玩具從一個房間帶進另一個房間時，只要我們之中有人空著手，總是要唱一首進行曲，並拉提琴。」

　　人們時常懷疑，他那令人難以相信的音樂妙計是否具真實性。只要涉及音樂方面的事他都能做。人們時常認為他的父親是在玩把戲，在利用這個小孩，就像表演腹語術的人使用人偶模型一樣。這個嬰兒——日後是男孩及少年——有無數次接受最苛刻的考驗。

　　關於這樣的考驗有很多例子為人們所記憶。其中第一個是，奧地利皇帝佛蘭西斯以開玩笑的口吻告訴六歲的小男孩說，用所有的手指在沒有遮蓋的鍵盤上彈奏，並不是什麼特別的藝術。這個小男孩於是立刻非常愉快地用兩隻手的各一根手指頭放在一個蓋著布的鍵盤上彈奏，之後又用所有的指頭彈奏。

　　莫札特在還不到六歲時，他的父親帶著他以及已經很有造詣的姊姊蘭妮爾出國。之後的幾年，兩個孩子出現在歐洲的很多皇宮，公開演奏，到處都引來最強烈的讚賞之情。「我們可以開一個店，展示人們送給兩個小孩的大量禮物、珠寶、劍、蕾絲、圍布、鼻菸盒等等。」父親莫札特在這樣一次得意洋洋的旅程中這樣寫道。

　　從四歲以後，莫札特就寫出成為人類最寶貴的一部分音樂資產的音樂。大量的音樂團體表演在他十一歲時所寫的神聖音樂。有兩部歌劇作品準備好了，其中一部在他十二歲時上演。十四歲時，他已經是傑出「音樂學院」的成員，由教皇授予「金馬刺」勳章，上面有「騎士」頭銜。在寄給姊姊的那總是充滿玩笑意味的怡人信札中，莫札特為自己成為一名「騎士」開開玩笑，但他足夠明智，並沒有很嚴肅地使用這個頭銜。

　　無論他獲得什麼榮譽，都不會讓他暈頭轉向，也不會影響到他像孩童般沉迷於荒謬娛樂的興致。他對於

自己身為作曲家、鋼琴家、小提琴家和演奏家方面的
神奇成就所感到的自傲，並不會超過他對呼吸、進食
和睡眠所感到的驕傲。

　　然而，卻有一項音樂奇技對他而言足夠重要，讓他
引以為傲。那就是，當他在六歲時設法馴服維也納海
關守衛。一七六二年九月，莫札特全家人從他們在薩
爾茲堡的家出發到維也納。在十月的某個時候，他們
很輕易到達皇家住所。當時家人擁有很多禮物，是他
們途中停留的地方所獲得的，父親為了自己必須為不
值錢的禮物繳關稅而顯得很焦慮。

　　海關人員發現四人中的那個迷人男孩，是他們早已
耳聞聲名的音樂奇才，就跟這個小孩談了起來。不久，
他們把翼琴擺出來，而這個小孩開始為海關守衛彈奏
起來，就像他從薩爾茲堡出發的途中為伯爵和主教們
彈奏一樣，使得海關人員們感到無可言喻的喜悅。莫
札特在翼琴上彈了幾首曲子後，就拿出他的小號提琴，
用他那種別人無法模仿的方式演奏，海關守衛的心軟

了。他們在為這孩子的表演感到狂喜之餘，放棄收取
關稅的要求，而感到大為寬慰的父親在「免稅」的情
況下帶著家人到達維也納。

「奧菲斯（Orpheus）[26]是用音樂馴服動物，」驕
傲的父親這樣敘述，「然而，我的兒子卻馴服了海關
守衛，而這是遠更困難的事。」

---

26. 阿波羅之子，豎琴名家。

寫於前往莫札特老家途中

Little Journeys to the Homes of
Great Musicians：Wolfgang Mozart

阿爾伯特·哈伯德
Elbert Hubbard

前言

　　《寫於前往莫札特老家途中》寫成了。我花了一個月以上的時間完成了這個工作，結果很讓我感到自傲。這部作品跟我以前所寫的任何作品都相當不同。排字工人準備要印行了，但我請求他們再給我兩天的時間，好讓我仔細修正一番。由於我正要出發到威斯康辛州（Wisconsin）的簡尼斯維爾（Janesville）發表演講，所以就把手稿帶在身邊，想要在火車上做最後的修正工作。

　　旅途中一切都很順利。演講時，聽眾沒有特別表示不贊同我的意見。我在清晨時坐上開往芝加哥（Chicago）的火車，由於剛起床時意識通常相當清楚，所以我就開始潤飾美好的手稿。火車接近貝洛伊（Beloit）時，我想到要進入餐車一會。

　　回來時，原稿不見了。我到各個座位尋找，在座位下面尋找，也詢問鄰座的乘客、火車上的煞車手。然

後我找到服務生，問他是否看到我的手稿，最初他不了解「手稿」一詞的意思，最後問我是否指一堆骯髒、紙角捲摺的紙，到處以各種方式寫了記號，縱橫交織。

我告訴他說，他了解這件事了。

然後他告訴我說，他已經「丟棄了那東西」，也就是說，他在打掃車廂時，把束西丟到窗外了。在火車開到芝加哥之前，他經常會打掃車廂的。

我瘋狂地伸手去拉鈴鐘，但被人阻止了。一個表示同情的乘客走向前來，說道，他曾在火車駛過的前五哩遠地方看到我珍貴的手稿一片片飛揚在大草原上。火車是以一分鐘一哩的速度前進，並且風吹得很猛，所以確實沒有必要倒駛火車去找回這份失去的東西。

「閣下，我希望那些胡亂塗寫的東西並不重要！」這位服務生謙卑地說，同時我站在那兒，有點茫然地注視著虛無的空間。

我搖搖頭，稍微回神。「哦，那些東西並沒有價值——我之所以找尋，是為了親自把它們丟棄。」我回

答。

「不重要的東西？」他說。

「是的。」我說。

我把他期望得到的兩角五分小費放在他骯髒的手掌中，但仍然沉思著：我應該怎麼辦。

要讓這些東西重現是不可能的，因為我不可能逐字記得。可是，我一定要寫出東西來。於是我決定在一小時後搭乘「湖岸火車」離開芝加哥，在到達家時把稿子寫好，交給「羅伊柯夫」（Roycroft）[27]的男孩。

我做到了。由於我沒有參考書、地圖或備忘錄來指引我，所以結果似乎缺少了綜合性。我說「似乎缺少」，其實並不然，因為事實全部像我所陳述的那樣。但也許可以說，形式因為情況的變化而受到了影響，所以最好加以說明，因此我才寫了這篇給「高貴的讀者」的前言。還有，如果讀者在文章中發現我在很少數的

---

27. 阿爾伯特·哈伯德所創立的團體，除了發行期刊，並推行美術工藝運動（Arts & Crafts Movement），講求藝術與手工藝的結合。

情況下使用人稱代名詞，那麼請記住：我位在鄉下，基於鄉下人長久的先例和習俗，我們有特權和權利談及他們自己以及他們自己的事——如果他們很在意他們自己的事的話。

寫於芝加哥

才能通常是以很高的代價獲得的；就算諸神賜給你很大的才能，但在處理這件事時，他們也許還是會很小氣。不過有一件東西藝術家通常都大量擁有，那就是「心血來潮」。讓我們全都祈求上帝把我們從「心血來潮」中救出來吧！它會糟蹋我們的快樂，擾亂我們的安寧，對我們四周的人而言是華而不實的東西。

但願上天把我們從「心血來潮」中救出來。

我聽說，一位著名的歌劇團經理人娶了一位歌劇女歌手，有了寶貴的經驗，因此應該知道，「心血來潮」純粹是女人的特性。可是，這確實是錯了，因為有人，不管女人或男人，會適度地感覺到自己的價值，結果完全無視於其他每個人的權利和感覺。他們一生都讓舞台等著他們，不顧禮節。這些人認為狗生來是要讓他們踢的，僕人生來是要讓他們責罵的，大眾生來首先是要讓他們巴結的、然後是要讓他們討厭的，所有

的對手生來就是要讓他們藐視、詛咒或恐懼的──視心情而定。尤有進者，他們認為所有的房東都是強盜，每一位鐵路公司經理都是無賴，並把商人定位為貪婪的賽洛克（Shylocks）[28]。他們總是使用「營利」這個字眼。

獻身於演藝的人，可以名正言順地要求表現比原來更多的「心血來潮」，但以音樂為職業的人沒有理由為「心血來潮」感到羞愧，因為那是在美好的瞬刻表現出來的興致。然而，演員的藝術和音樂家的藝術時常無法分得很清楚。一位女士跟詹姆士‧麥克尼爾‧惠斯特勒（James McNeill Whistler）先生[29]談到一位多才多藝的音樂家時，她說道：「我相信他也會表演！」

「夫人，他只會表演，其他都不做。」惠斯特勒先生回答。

藝術不是一種個別和與眾不同的東西──藝術只是

---

28. 莎士比亞（William Shakespeare）戲劇《威尼斯商人》（The Merchant of Venice）中放高利貸的猶太人。

29. 美國出生的英國畫家。

做事情的美妙方式。如果因為一個人有能力做好一件事，我們就認為他應該做出姿態，宣稱自己不用表現道德和禮儀，這樣難道不是非常荒謬嗎？「藝術和氣質」這個措詞時常是一種表示歉意的字眼，就像「文字的敏感性」，意味著一個人長久堅持一種工作，以致無法以謙恭的平等態度面對同胞。

藝術家就是躭於努力的人，他那奇異的手法時常似乎只是大自然的方法，用來進行平等化的工作，讓世人看出他畢竟是很平常的人，表現出我們全都能表現的謙虛、溫和和仁慈——這在上帝看來，就像「表現的很有學問和才能然而卻還是很粗鄙」一樣。

然而，還是有些人具有偉大的才能又表現得很謙虛。在偉大的音樂家之中，最純稚地表現出來美德的平衡狀態的一位，非莫札特莫屬。他擁有幽默感。

啊！這就是了——他了解價值——具有均衡感，知道一個人在生活中會有發笑的時間，而發笑的適當時間是：你在街上看到很多的偽裝和做作現象的時候。

「尊嚴」是一種面具，我們把「無知」藏在它的後面。
我們那種被迫裝出來的尊嚴製造出一些喜劇的頑童，
他們高坐在天空，喧囂地捧腹大笑，原來他看到：只
因我們有了一點點才能，就要求別人對我們鞠躬。

寫於拉波特

　　莫札特有幽默感。他會分辨重大的事情和小事情。在還是孩童的時代，他就具有強烈的喜劇傾向。九歲時，他有一次在女皇瑪麗亞・特蕾莎出席的私人音樂會上演奏音樂，這個小孩子甚至在那個時候就是一個完美的小提琴家。他演奏了一首曲子，其中有一段柔情、哀傷的小調旋律，幾個在場的女士聽了都掉下眼淚。這個男孩看到這種情況時很不忍心，就快速轉換成一首《穀倉院子交響曲》（Barnyard symphony），裡面有驢的叫聲，母雞的咯咯聲，豬的尖叫、母牛的哞哞叫，最後是以貓在一間柴房的屋頂上爭吵的可怕場面做為結束。演奏完這首曲子後，這個男孩就丟下小提琴，跑到房間對面，爬上女皇的膝蓋，抱著這個善良女人的脖子，分別在她的兩頰上給了一個響吻。這很像李斯特的那次表演。有一天，李斯特在彈鋼琴時忽然叫出來，「把所有的東西都丟到窗外！」然後

開始做了——當然是在琴鍵上。

在同一次皇宮之行中，當莫札特以打趣的方式向瑪麗亞·特蕾莎行禮時，他很不幸滑倒在打蠟的地板上。

瑪麗亞·特蕾莎剛成年的女兒瑪麗·安東尼跑過去，把他扶起來，撫摸他膝蓋受傷的地方。「好心的女人，妳真是可人兒。」男孩很感激地說。「長大以後我要娶妳。」李斯特不曾這樣承諾過。李斯特不曾提議要娶任何人。但是太可惜了，瑪麗·安東尼沒有讓這個男孩遵守諾言，否則也許會成為使她長壽的一個重要因素；成為她丈夫的莫札特會使她免於提出那個愚蠢的問題：「窮人沒麵包吃，為何不吃蛋糕？」莫札特這種歡樂的心情持續了一生，就像李斯特一樣，只不過並不是經常以剛描述的方式呈現。

如果要選同伴的話，我會選莫札特——慷慨、不做作、仁慈——而不會選任何其他曾經演戲、跳舞、唱歌或作曲的音樂家——嗯，除了布拉姆斯。

寫於南灣

我們對於別人的生活感興趣，是因為我們想到另一個人時總是會想到我們與他的關係。「如果我在樓梯上遇到莎士比亞，我會突然昏過去。」莎克萊（William Makepeace Thackeray）[30] 說。

我們對傳記感到興趣的另一個理由是：因為傳記在某種程度上是我們自己的生活的拷貝。

有些事情會發生在每個人的身上，還有些事情我們認為會發生在我們身上，但可能還沒有發生。所以，當我們閱讀時，會不知不覺潛入另一個人的生活中，把我們的身份和他的身份混為一談。把自己想像成這另一個人，是了解和欣賞他的唯一方式。想像力提供我們這種轉移靈魂的能力，擁有想像力，則心地有如宇宙，沒有想像力則心地很狹窄。是啊，難道你

---

30. 英國十九世紀作家，著有《浮華世界》（Vanity Fair）等作品。

不會想要成為一個宇宙的公民、而不是成為伊利諾州
（Illinois）匹歐利亞（Peoria）地方的公民嗎？——演
員們在談到匹歐利亞這個樸實的城鎮時，總是視之為
一個狹窄的鄉下地方呢。

　　我在讀傳記時，總是不斷想著：如果我處於傳記
中所描述的環境，我會怎麼做？所以我不僅生活在對
方的生命中，並且也將自己的本性跟他的本性加以比
較。一切都可以比較，這是我們體認任何事物的唯一
方法——將它跟別的事物加以比較。當你在閱讀偉人的
傳記時，他似乎很接近你。你的手跨越時光，觸碰到
他的手。你跟他一起希望、痛苦、掙扎、享受。你的
存在和他的存在全變得都模糊不清，融合在一起。經
由這種一體的狀態，你認識、了解一個曾經存在過的
人，並且你認知、了解這個人的程度遠勝過其他的人，
因為這些其他人雖然活在這個人的時代，卻因為加入
小集團與這個人競爭，而遠遜於這個人的真正價值。

寫於埃爾克哈特

　　我在幾頁之前曾暗示說，我會很喜歡莫札特當我的
朋友和同伴。莫札特需要我，一如我需要他。「天才
需要一位守護者。」然格維爾[31]有一次這樣說，也許他
心中想到的就是他自己。我們全都需要朋友。如果你
成為你兄弟的朋友，則你成為他的守護者會是很棒的
事。貧窮的莫札特確實需要一個朋友，可以置身在他
和一直搔著、嗅著他的門的貪婪野狼之間。我不知道
為何這隻狼嗅著，因為莫札特確實不曾擁有任何值得
被帶走的東西。他是那麼慷慨，總是打開錢包；他內
心充滿純然的同情心，乞丐會傳誦他的名字，在他的
門柱上做神秘記號。德國每個衣服襤褸、生活艱苦、
嗜酒、不為人重視的音樂家，都視他為合法的獵物。
他們習慣對莫札特說：「我不能去乞討，我羞於去挖

---

31. 然格維爾（Israel Zangwill），十九世紀英國作家，猶太民族運動先鋒。

東西──所以，給我一點東西吧，我請求你。」

　　是的，莫札特需要我來幫他計畫他的旅遊以及銷售他的產品。我不是天才。雖然他們說我是一個可怕的孩童，但我從來就不是一個神童。在年紀小小的六歲時，莫札特就舉行音樂會，以其美妙的琴藝驚動歐洲。在像他這樣的年紀時，我是能夠用不成熟的果物捕捉一匹馬，爬上牠的背部，不用馬鞍或韁繩，只以精明的方法使用一頂破帽，就可以驅使馬到達我想去的任何地方。當然，我只嘗試爬上已成年的馬、沉著穩健的純種母馬，或荒廢的耕田馬，但這只說明我是很務實的人。莫札特不曾學習用一頂破帽或技巧控制馬或人。音樂是他的嗜好。在他死後很多年，世人才發現，他的嗜好完全不是嗜好，而是像一輛真正的汽車，載著他行駛好多哩路，超越所有與他競爭的人很長的距離，就算大聲喊叫他，他也聽不到。

　　其實，莫札特很早就啟動了自己的生涯，很穩定地──更不用說很猛烈地──驅動自己的生命機器，所

以在三十五歲時，所有的機器軸承由於沒有更新，以致變得過熱。一批馬拉著二輪馬車──突然間化為烏有，就像泡沫破裂時那種樣子。

我在莫札特去世的年紀時，已經經驗了職業生涯中想要的一切經驗，事實上我已經累積了一筆財富，因為我是美國人之中唯一賺了自己想賺的錢然後再去唸大學的人。我堅信這種方式勝過以下這種方式：被父母送去唸大學，然後投入做生意的行業，把在學校中所學的一切都忘光。我寧願自己去上大學，也不要由父母送去。每個人都應該致富，才可能知道財富是沒有價值的；每個人都應該接受大學教育，以便體認到大學教育是多麼沒有價值。

是的，莫札特需要一個好朋友，這個好朋友的能力要能夠彌補和修正他的缺點。非常確定的是，我無法做出他所做出的事，但我應該會成為他的助手，也可以成為他的助手──要不是一個世紀的歲月、一片廣闊的海洋以及一種異國的語言分隔了我們。

寫於滑鐵盧

就穩定的程度而言，友誼勝過愛情。懷疑、忌妒、偏見和紛爭會隨著愛情而來，而恥辱、謀殺和自殺則會在愛情低語著的角落四周潛行。愛情涉及「親近」，它會提出要求、請求證據、需要一種證明。但友誼不需求擁有，它只希望服務別人，並且藉由「給予」而成長。請不要說，愛情也是如此。愛情之所以「給予」，只是為了可能「獲得」。一種單方面的熱情會在一夜之間轉變成恨意，然後要求復仇作為它的權利和所得。

友誼不會要求輕率的承諾，不會要求愚蠢的誓言。它在缺少時最強有力，在被需要時最忠誠。它為生命提供穩定的壓艙物，能堅定地進行冒險。藉由我們的朋友，我們才成為所有的人的兄弟。

我想我寧願讓莫札特成為我的朋友，也不要去愛以C調的高聲顫音唱歌劇的最偉大女主角或被她所愛。友誼意味著平靜又甜美的睡眠、思緒清楚的頭腦，以

及對神智健全狀態的強力掌握。有人告訴我說，愛情
只是友誼加上別的東西。但那種別的東西會大大擾亂
安寧，更不用說擾亂食物的消化。它有時會折磨頭腦，
讓我們感覺到這世界在旋轉，讓我們頭暈眼花。愛情
是對感情的沉重負荷，讓我們發瘋。友誼永遠不會導
致自殺。

寫於托雷多

是的，就在莫札特寫出以及演奏《安魂曲》（Requiem）、準備離開這個世界的那個年紀，我則正在上學以及偶然墮入了愛河之中。我二十四歲，臉頰刮得很乾淨，因為鬍鬚中出現白絲。愛情當然有它的好處，而熱情的愛，其益處則在於：折磨自己的感性，直到它們破皮，如此使得一個人能夠同情那些受苦的人。愛情是用一個下沉到深處的鉛錘來測量感情。一旦這樣做了，感情就會自在地回歸，而這就是為何要等到愛情或災難——兩者時常是同一件事——測量了靈魂深處之後，歌者才會唱歌，畫家才會畫畫，雕刻家才會雕刻，作家才會寫作。愛情使得我們變得更加明智，因為他在靈魂裡面留下讓思想和感覺萌芽的空間，但熱情的愛成為一種獨特持久的心緒會是很可怕的。亨利‧芬克（Henry Finck）[32]說，大自然就是基於此，才把浪漫或熱情的愛設限為兩年。「戰爭是很可怕

的，」謝曼將軍（General Sherman）[33]說。「在愛情
與戰爭中，一切都很公平。」古老的格言說。我則說，
「愛情」和「戰爭」是同樣的東西。愛情是瘋狂的，
是強烈的不安，是一種徒然、熱烈的追求，也不知道
是追求什麼。當然，我現在所談的是「莊嚴的熱情」，
不是人們對祖母所懷有的傷感。

　　「但是，墮入情網是好事，就像出麻疹是好事。」
叔本華（Arthur Schopenhauer）[34]這樣說。但期間還
是有區別：一個人一生只出一次麻疹，但一個愛過的
人從來就不會免疫，而且再多的誓言決心也不會一直
有用。

　　這兒似乎是一個很適當的場合，來讓我表達我對一
件事情的遺憾，那就是，英語是一種很粗糙的語言，
我們使用同樣的語詞去表達我們對烤牛肉、狗、孩子、

---

32. 美國音樂批評家。
33. 美國軍人、商人、教育家和作家。
34. 德國哲學家。

妻子和神祇的看重。當有人試圖改進英語時，有些人
會很快叫說：「且慢！」但我現在要預告：一旦窮苦
的日子來臨，我就要在剛剛提到的這方面為後代表現
出卓越的行動，跟別人有所不同。

寫於伊利亞

　　我在前面某一章之中曾經暗示：我是先成為成功的農夫之後才去上大學的。上大學前我也是一位製造商，在這方面也表現得很成功。三十歲之前，我已經賺了十萬元；要是我坐下來，守護著它，現在應該還擁有它。如果你走進一個火車車廂，坐在你和旅行袋（或手稿）旁邊，一小時後，你的貴重東西也許還會在那兒。

　　但是，如果你把旅行袋（或手稿）留在座位上，走進另一個車廂，等你回來時，東西可能還在也可能不在。這就是保有錢的唯一方式——眼睛緊盯著它。如果你把它留在別人的手中，離開去找書，那麼等你回來時，也許一些肥胖的律師就把你的東西分贓了。

　　無論如何，生命的每個緊急開頭都有好處；知道你的錢材不見了，會讓你大大鬆一口氣。一旦審判結束，犯人聽到了判決，他會感到大大鬆一口氣，因為只有未知的情況才會讓我們的內心充滿恐懼。

寫於克利夫蘭

　　在藝術史的所有領域中，我們無法在任何人的一生中發現如同在莫札特的一生中那樣極端的情況。最接近的情況可以見之於林布蘭（Rembrandt）[35]的生涯中。他在三十歲時贏得聲名和財富，在高舉著這種「優勝旗」達十年之久後，力量就開始衰微。經過三十六年持續走下坡後，他的命運就在一座窮人的墳墓中決定了。

　　但林布蘭在一生之中很少離開荷蘭，而莫札特不僅在本國被視為高貴的人物，贏得最高位人士的喜愛，也前往敵人的國家，擄獲義大利人的民心。莫札特的藝術不曾凋萎，至死為止還緊抓著崇高的的真理。莫札特是在義大利的兩年之中達到生涯的最高峰，那時他分別是十三歲和十四歲。所有的藝術都彼此有關連，

---

35. 歐洲巴洛克藝術的代表畫家之一

因為強有力的人會激發同樣強有力的人,各自盡最大
的努力。在繪畫、雕刻和音樂方面(更不用提柯雷摩
拿的安東尼奧・史特拉第瓦里[36]),義大利都引領世界
的風騷。在一百年前,除非義大利在一個音樂家身上
標示了「認可」的印記,否則他就沒有希望獲得世人
的稱讚。

米蘭(Milano)、佛羅倫斯(Florence)、帕多瓦
(Padua)、羅馬、維洛那(Verona)、威尼斯(Venice)
和拿不勒斯的專家們非常充分地考驗年輕的莫札特的
能力。

雖然他必須克服自己身為「野蠻德國人」所導致的
懷疑與偏見,但專家們終於願意賜給他最高的榮譽。
他作為無數音樂社團的榮譽成員,資深的音樂家祝福
他,自傲的女士渴望有幸親吻他好看的前額,而教皇
封這個有天賦的男孩為「金馬刺爵士」,只要信件上

---

36. 安東尼奧・史特拉第瓦里(Antonio Stradivari),生於柯雷摩拿(Cremona)的
義大利小提琴製造者。

寫著「莫札特騎士閣下」，他就可以收到。

在拿不勒斯，他的美妙演奏被歸因於「魔法」。人們認為，所謂的「魔法」是集中在一枚鑽石戒指上：一個漂亮的女人在狂喜中把這枚鑽石戒指戴在莫札特這個男孩的手指上。為了讓拿不勒斯人相信他們錯了，莫札特不得不接受他們的挑戰，脫下戒指。他寫信回家給母親說，他沒有時間練琴，因為無論他到什麼城市，藝術家們都堅持要他坐著，讓他們畫他的畫像。

在米蘭，他贏得的注意和讚賞達到了頂點，有人邀請他為聖誕祝典寫一部歌劇。這部歌劇在斯卡拉歌劇院（La Scala）演出，是莫札特生命中最光榮的一件事。一個十四歲男孩，在家人面前指揮自己所寫的一部歌劇，這是一件為莫札特—— 並且只為莫札特一人——增光的事。「『小大師』萬歲——『小大師』萬歲！」聽眾叫著。「這是為星辰演奏的音樂。」他必須一再重複演奏一些旋律，以前從未有過這種情況。這個就年紀而言身材總是很矮的男孩站在一張椅子上揮舞著指

揮棒，如雨般落在他身上的鮮花幾乎蓋滿了他的整個人，聽眾都看不見他了。

寫於阿希塔布拉

要到一個人去世後，他的出生地才會為他帶來榮耀。每個天才人物都不曾為他親近的親人所相信。如果他為外面世界的人所賞識，則那些從童年就認識他的人就會狡點地眨眨眼，重複菲尼亞斯·T·巴爾南（Phineas T. Barnum）[37]的那句格言[38]，而自從野蠻人的時代以來，德國人就一直在使用經過自由意譯的這句格言。

莫札特的父親李奧波德·莫札特帶著他的神童兒子回家時，時常並沒有比離家時更加富有。他把金錢的問題留給別人去處理，十分滿足地乘坐特別的馬車旅行，住在最好的旅館，只要說一聲就可以點他想要吃的食物。

有消息傳到德國，說年輕的莫札特在義大利相當轟

---

37. 美國馬戲團主持人
38. 即「每分鐘都有一個愚人出生。」

動，但維也納地方的人一笑置之，薩爾茲堡的人則露
出鄙夷的神情。

寫於東北地方

　　還在不久以前，大地上所有美麗的東西都還被認為屬於「高階級的人」。也就是說，所有的勞動者，所有的金屬工作者，所有的編輯人員，作家、詩人、畫家、雕刻家和音樂家，他們的工作都是為了取悅某一位貴族。所有的歌者群體都是貴族的歌者；只要一個人寫了一本書，他都獻給「他的皇族」。最初，這些思想者和行動者都是十足的奴隸。完美的宮廷必須有聰慧的人戴著帽子、繫著鈴，為了生計說出雙關語、雋語，引用明智的格言和現代的事例。這種人在零星的時間中通都是當書記或管理員，只有在接到命令時才去展示自己的特性。

　　音樂家與歌唱家也是如此。他們平常是廚子、傳者和隨從，等到有客人時，這些擅長表演的人就會接到通知，要他們在接到召喚時準備「做點事」。畫家也是如此。每個宮廷都有自己的畫家。我們都知道，魯

本斯（Peter Paul Rubens）[39]被曼圖亞（Mantua）的公爵視為私產。在時機成熟時，這位藝術家只好逃跑，以拯救自己的靈魂。凡‧戴克（Sir Anthony van Dyck）[40]是查爾斯一世（Charles I）的宮廷畫家，國王要他結婚，他就照辦了。

　　並沒有所謂「英國桂冠詩人」的頭銜。「桂冠詩人」是國王的詩人，通常都跟「管獵的官員」一起吃飯。之後，「桂冠詩人」可以選擇自己的住所，就像羅馬地方的囚犯聖保羅（Saint Paul）。他的年薪還是一桶加那利群島（Canary）的酒。

---

39. 十七世紀弗蘭德（Flanders）畫家。
40. 十七世紀比利時弗蘭德畫家。

寫於銀溪

　　莫札特的父親李奧波德‧莫札特，以及讓他的名字
永垂不朽的兒子，是受雇於薩爾茲堡的大主教。這位
大主教是十足的權威人物，講話時上氣不接下氣，有
著雙下巴，很確信自己繼承大主教職位的神聖性。他
以神權的觀念統治子民，每個人和每種東西都要對他
個人和財產有所助益。莫札特父子太窮，無法不受雇
於大主教。大主教努力警告所有有關的人不要藏匿、
鼓勵或引誘他的僕人離開，否則會大大惹怒他。莫札
特跟僕人一起吃飯。我們從他寫給姊姊的信中知道，
他的座位是在低於車夫的位置，一旦要在受邀的客人
面前演奏時，他必須在入口等著，直到僕役叫他的名
字。他時常在那兒一站就幾小時，先是用一腳支撐身
體，然後再用另一腳。

　　我們難免問：一個擁有如此超人才賦的人，為何要
忍受如此的待遇？但是一個簡單的事實是，莫札特很

溫和，很柔順，很仁慈——沉迷在自己的音樂中——沒有力量違悖那包圍他的趨勢潮流。大主教禁止他在音樂會或娛樂活動中演奏，阻擋了他所有精進的途徑。大主教沒有像魯本斯那樣的外交家要應付，沒有像華格納那樣的鬥士要應付，沒有像李斯特那樣的陰謀者要應付，也沒有像帕格尼尼（Niccolò Paganini）那樣配著短劍的人要應付，所以莫札特就在一座啤酒花園的角落的一張桌子上寫他的音樂。如果沒有爐火而天氣又很冷，他就跟妻子康絲坦澤跳華爾滋，保持身體溫暖，且一直跳舞伺候薩爾茲堡的大主教。他所有爭取自由的微弱無力、間歇性努力都一無所用，因為背後並沒有堅持的力量在支撐。

如果他服務宮廷，換來一年三百基爾德[41]的報酬，那也是可喜的事，但是，甚至這個等於一年一百五十元的報酬，他也不可得。他一直在作曲，一直在擬定

---

41. 荷蘭貨幣單位。

計畫，一直在看著烏雲中是否有銀光出現，但接受他的音樂的人，都是那些他不該信任卻愚蠢地加以信任的人。他只有負債和受屈辱的份。

　　每隔一段很長的時間，一位同情他又很慷慨的仰慕者會送給他一筆錢，此時附近的乞丐似乎立刻就知道了消息。此刻，啤酒花園充滿了音樂，他遺忘惱人的憂愁和殘酷的命運，一切都像婚禮的鐘聲那樣令人感到愉快。

　　最後，「奧地利皇帝的宮廷樂師」出缺，莫札特的一些好朋友為他謀得這個職位。但這位皇帝不像腓特烈大帝（Friedrich the great），因為他不大會分辨音調，不認為有這個能力是什麼特別的優點。結果，他的樂師們都由他的僕役去照顧，而莫札特發現，他這個職位其實並不勝過薩爾茲堡大主教給他的職位。

　　但他仍然無法很堅定地追求目標，他沒有勇氣去要求自己的權利，唯恐可能甚至會失去自己擁有的一點點。

寫於水牛城

　　莫札特在二十歲時遇見了亞蘿希亞‧偉伯（Aloysia
Weber）。她確實是一個很有天賦的歌唱家，並且很健
康，顯然這不是必要的條件。她是那種很無情的特殊
類型的女人，喜歡誘引男人歡樂地追求她，然後又藐
視、嘲笑他們。年輕的莫札特是很容易動情的人，脆
弱又敏感，是那種像風神的豎琴的人，每一陣吹過的
微風都會挑動他。他愛上了這個活潑、皮膚白裡透紅
的專橫女孩。

　　這個女孩激起莫札特的熱情。熱情逐漸增強，終至
吞噬了這個年輕人，使得他忘了其餘的一切。他活在
她的微笑中，浴在她陽光似的容貌中，以她的言語為
主；至於她在歌劇中的演唱，重要的不是她的聲音如
何，而是他認為她的聲音會如何。

　　他那發光、發熱的想像力把她的缺點一掃而光。他
認為自己愛上了這個女孩。他愛得完全不是這個女孩，

他只是愛那存在於自己心中的理想。他的父親反對兒子與她匹配，很快把這個年輕人從維也納送到巴黎。但有誰聽說過：反對、說理和強迫分開會驅除愛情？所以事情繼續下去，魚雁繼續往返，最後，莫札特回到維也納，十萬火急地找到他全心之愛所愛的對象。

但她最近遇見了自己較喜歡的男人。既然她無法同時擁有兩人，就視莫札特如陌生人，那種被冰凍的感覺寒澈他的骨髓。他被徹底擊垮了。接著他生了一場病。在病中，亞蘿希亞的妹妹康絲坦澤懷著同情的心理來看他，像小孩一樣照顧他。很自然地他對亞蘿希亞的所有愛很容易又快速地轉移到康絲坦澤身上，被殘酷拔掉的心之卷鬚就依附在這自動出現的對象上。

所以，沃夫岡・阿瑪迪斯・莫札特和康絲坦澤・韋伯就結婚了，從此過著快樂的生活。要是他們曾吵過架，那倒是更好，但是莫札特溫和、柔順的性格很快就適應妻子那更脆弱的本性。妻子像盲人和聾子，一樣一味喜愛他的音樂；只因她愛這個男人，就猜測他

179

的音樂是很偉大的。但是，當兩道脆弱的牆結合在一起時，其實結果是脆弱性增加，從來就不會是力量的展現。

康絲坦澤是標準的美麗卻懶散的家庭主婦，就像沒有洗過就收好的早餐盤子，或掃在一張沙發下面的髒東西。如果沒有錢，她就去借糧食，然後忘了還。由於生活不規律，加上貧困和希望受挫，於是這個女人開始生病，長期受苦。但是負擔過重又營養不良的丈夫總是深情、耐心地照顧她。

一個為莫札特寫傳的人告訴我們說，莫札特時常在早晨很早就起床，寫下他在夜晚中所夢到的音樂旋律。他會在床頭的架子上留下一封愛的短箋給妻子，讓她一醒過來就看到。有一封這樣的短箋，如果直白地翻譯，是這樣的：「『親愛的小妻子』，午安，我希望妳睡得好，有甜蜜的夢。妳睡得那麼平和，我不敢親妳的臉頰，唯恐驚醒妳。這個早晨很美，外面有一隻鳥在唱著我心中的一首歌。我要出去捕捉那曲調，把

它寫下來，成為我自己的跟妳自己的曲子。我一小時
後就會回來。」

寫於東奧羅拉

　　康絲坦澤的姊姊亞蘿希亞嫁給了她所選擇的那個男人——一個名叫南格的演員。結婚一段短時間後，兩個人就開始吵架，不久，他就習慣毆打她。她忍受了一年或更長的時間，然後離開了他。有一段時間，她跟莫札特和康絲坦澤住在一起。莫札特表現出自己的本性，與她共享自己不足的資源，為了她而自己節衣縮食。他當她的一個孩子的教父，一直是她的一個真實朋友。

　　在亞蘿希亞成為老婦人、而莫札特已經去世很久之後，當世人已經開始讚美他時，亞蘿希亞說：「我不曾有一會兒的時間認為他是天才——我總是以為他只是一個很棒的小男人。」

　　莫札特的心靈充滿了旋律，他所有的音樂都是無瑕、完美的，他擁有獨特的藝術良知。雖然他在所有其他方面都表現得很不在意，很粗心，但只要心情不

好，所作的曲子不完善，他就會立刻撕毀樂譜。他總是在工作，總是在聽美妙的聲音，總是在自己精密的判斷天平中衡量，斟酌這些聲音。

他非常沉迷於自己的藝術中，所以很容易成為別人企圖的犧牲品。他不曾停下工作夠長的時間，設法掙脫那把他束縛在虛榮、自我、沒有鑑賞力的宮廷中的枷鎖。

由於不斷工作而消耗精力，加上擔心妻子久病不癒、為債主所逼、無法從應該還他公道的人身上得到公道，所以，他的神經在三十五歲的英年就崩潰了。

他的精力很快衰退，最後終於用盡，就像一根蠟燭被來自開著的門的一陣突如其來的強風所吹熄。

他的葬禮是在一七九一年十二月一個吹著大風的冬日舉行。一小群朋友聚集在一起，但沒有人為他演奏葬禮輓歌——除了疾風穿過樹木的枯枝吹來，同時他們匆匆把簡單的松木棺木運到最終的安息地。這些極少數的朋友在墓園的大門轉身走回去，把沒有生命的軀

體留給那個挖墓老人去處理——他永遠沒有想到,「埋葬偉人」的榮譽會加諸在他身上。

　　一座窮人的墳墓掩埋了莫札特的屍體——墳墓中的棺木一個個堆在一起,沒有人去為埋葬地點做記號。我們只知道,在維也納聖馬可墓園什麼地方的一處壕溝中,埋著世人所曾知道的最有成就的作曲家和演奏家。要經過一百年後,這個城市的人才為他建了一座相稱的紀念碑聊以彌補。

　　他最佳的紀念碑是他的作品,一度充滿他心靈的旋律屬於你我。他藉由他自己的藝術讓我們繼承了我們不曾回報的大量的愛,而他不曾實現的夢想是我們珍貴和無價的遺產。

寫於前往莫札特老家途中

附錄

聽見・莫札特

沃夫岡・阿瑪迪斯・莫札特

《唐喬凡尼》

MUZIK AIR 全曲收聽

http://bit.ly/29IPryy

聆聽莫札特

MUZIK Air 是華語最大古典音樂線上資料庫
收錄莫札特作品所有公播演奏版本
不同詮釋完整滿足你的耳朵
現在就上 muzikair.com

Mozart

國家圖書館出版品預行編目 (CIP) 資料

莫札特,前往布拉格途中 / 伊都阿.莫瑞克 (Eduard Morike) 作;陳蒼多譯. -- 初版. -- 臺北市:有樂出版,
2016.07
　面;　公分. -- (樂洋漫遊;5)
譯自 : Mozart on the Way to Prague
ISBN 978-986-93452-0-0 (平裝)

875.57　　　　　　　　　　　105013332

♪ 樂洋漫遊　05

莫札特，前往布拉格途中

Mozart on the Way to Prague

〈莫札特，前往布拉格途中〉
作者：伊都阿·莫瑞克
英譯：華爾特 & 凱瑟琳·阿利遜·菲利普斯
〈莫札特的童年時代〉
作者：佛蘭西絲卡·謝維墨
〈寫於前往莫札特老家途中〉
作者：阿爾伯特·哈伯德

中譯：陳蒼多
發行人兼總編輯：孫家璁
副總編輯：連士堯
責任編輯：林虹聿
校對：陳安駿、王凌緯、陳軒慧
版型、封面設計：邱禹嘉／雅砌音樂

出版：有樂出版事業有限公司
地址：114 台北市內湖區瑞光路 583 巷 30 號 7 樓
電話：（02）25775860
傳真：（02）87515939
Email：service@muzik.com.tw
官網：http://www.muzik.com.tw
客服專線：（02）25775860
法律顧問：天遠律師事務所　劉立恩律師

總經銷：大和書報圖書股份有限公司
地址：242 新北市新莊區五工五路 2 號
電話：（02）89902588
傳真：（02）22997900

印刷：沈氏藝術印刷股份有限公司
初版：2016 年 07 月
定價：320 元

有樂精選・值得典藏

西澤保彥
幻想即興曲
偵探響季姊妹～蕭邦篇

科幻本格暢銷作家西澤保彥
首度跨足音樂實寫領域
跨越時空的推理解謎之作
美女姊妹偵探系列　隆重揭幕！

一首鋼琴詩人的傳世名曲，
一宗嫌疑犯主動否認有利證詞的懸案，
當時就讀小學的古結麻里，
對目擊的嫌疑犯不在場證明耿耿於懷；
成長後為了將此案件改寫成小說，
在構思情節、查訪線索的行動中，
幾名當事人的命運也因此改變……
數年後，取得此份小說文稿的響季姊妹，
編輯姊姊智香子、鋼琴家妹妹永依子，
從中聯手推理埋藏近四十年的案件真相──
跨越幾十年的謎團與情念，終將謎底揭曉。

定價：320 元

blue97
福特萬格勒：
世紀巨匠的完全透典

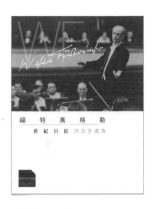

《MUZIK古典樂刊》資深專欄作者
華文世界首本福特萬格勒經典研究著作
二十世紀最後的浪漫派主義大師
偉大生涯的傳奇演出與版本競逐的錄音瑰寶
獨到筆觸全面透析　重溫動盪輝煌的巨匠年代
★隨書附贈「拜魯特第九」傳奇名演復刻專輯

定價：500元

百田尚樹
至高の音樂：
百田尚樹的私房古典名曲

暢銷書《永遠的0》作者百田尚樹
2013本屋大賞得獎後首本音樂散文集，
親切暢談古典音樂與作曲家的趣聞軼事，
獨家揭密啟發創作靈感的感動名曲，
私房精選25+1首不敗古典經典
完美聆賞·文學不敵音樂的美妙瞬間！

定價：320元

路德維希‧諾爾
貝多芬失戀記－得不到回報的愛

即便得不到回報　亦是愛得刻骨銘心
友情、親情、愛情，
真心付出的愛若是得不到回報，
對誰都是椎心之痛。
平凡如我們皆是，偉大如貝多芬亦然。
珍貴文本首次中文版　問世解密
重新揭露樂聖生命中的重要插曲

定價：320 元

瑪格麗特‧贊德
巨星之心～莎賓‧梅耶音樂傳奇

單簧管女王唯一傳記　全球獨家中文版
多幅珍貴生活照　獨家收錄
卡拉揚與柏林愛樂知名「梅耶事件」
始末全記載
見證熱愛音樂的少女逐步成為舞台巨星
造就一代單簧管女王傳奇

定價：350 元

茂木大輔

《交響情人夢》音樂監修獨門傳授：
拍手的規則
教你何時拍手，帶你聽懂音樂會！

由日劇《交響情人夢》古典音樂監修
茂木大輔親撰
無論新手老手都會詼諧一笑，
驚呼連連的古典音樂鑑賞指南
各種古典音樂疑難雜症
都在此幽默講解、專業解答！

定價：299 元

菲力斯 · 克立澤&席琳 · 勞爾
音樂腳註
我用腳, 改變法國號世界！

天生無臂的法國號青年
用音樂擁抱世界
2014 德國 ECHO 古典音樂大獎得主
菲力斯·克立澤用人生證明，
堅定的意志，決定人生可能！

定價：350 元

藤拓弘
超成功鋼琴教室經營大全
～學員招生七法則～

個人鋼琴教室很難經營？

招生總是招不滿？學生總是留不住？

日本最紅鋼琴教室經營大師

自身成功經驗不藏私

7 個法則、7 個技巧，

讓你的鋼琴教室脫胎換骨！

定價：299 元

基頓. 克萊曼
寫給青年藝術家的信

小提琴家　基頓·克萊曼

數十年音樂生涯砥礪琢磨

獻給所有熱愛藝術者的肺腑箴言

邀請您從書中的

犀利見解與寫實觀點

一同感受當代小提琴大師

對音樂家與藝術最真實的定義

定價：250 元

宮本円香
聽不見的鋼琴家

天生聽不見的人要如何學說話？
聽不見音樂的人要怎麼學鋼琴？
聽得見的旋律很美，
但是聽不見的旋律其實更美。
請一邊傾聽著我的琴聲，
一邊看看我的「紀實」吧。

定價．320元

以上書籍請向有樂出版購買便可享獨家優惠價格，
更多詳細資訊請撥打服務專線。

MUZIK 古典樂刊．有樂出版

華文古典音樂雜誌．叢書首選

讀者服務專線：（02）2577-5860

讀者服務信箱：service@muzik.com.tw

MUZIK 古典樂刊

《莫札特,前往布拉格途中》獨家優惠訂購單

訂戶資料

收件人姓名:＿＿＿＿＿＿＿＿＿＿　□先生　□小姐

生口:西元 ＿＿＿＿＿＿ 年 ＿＿＿＿ 月 ＿＿＿＿ 日

連絡電話:(手機)＿＿＿＿＿＿＿＿(室內)＿＿＿＿＿

Email:＿＿＿＿＿＿＿＿＿＿＿＿＿＿＿＿＿＿＿

寄送地址:□□□＿＿＿＿＿＿＿＿＿＿＿＿＿＿＿＿

＿＿＿＿＿＿＿＿＿＿＿＿＿＿＿＿＿＿＿＿＿＿＿＿

信用卡訂購

□ VISA　□ Master　□ JCB(美國 AE 運通卡不適用)

信用卡卡號:＿＿＿＿-＿＿＿＿-＿＿＿＿-＿＿＿＿

有效期限:＿＿＿＿＿＿＿

發卡銀行:＿＿＿＿＿＿＿＿＿

持卡人簽名:＿＿＿＿＿＿＿＿＿＿＿

訂購項目

□《MUZIK 古典樂刊》一年 11 期,優惠價 1,650 元

□《幻想即興曲－偵探響季姊妹～蕭邦篇》優惠價 253 元

□《福特萬格勒:世紀巨匠的完全透典》優惠價 395 元

□《至高の音樂:百田尚樹的私房古典名曲》優惠價 253 元

□《貝多芬失戀記－得不到回報的愛》優惠價 253 元

□《巨星之心～莎賓‧梅耶音樂傳奇》優惠價 277 元

□《音樂腳註》優惠價 277 元

□《寫給青年藝術家的信》優惠價 198 元

□《聽不見的鋼琴家》優惠價 253 元

□《拍手的規則》優惠價 237 元

□《超成功鋼琴教室經營大全》優惠價 237 元

劃撥訂購

劃撥帳號:50223078　戶名:有樂出版事業有限公司

ATM 匯款訂購(匯款後請來電確認)

國泰世華銀行(013)　帳號:1230-3500-3716

請務必於傳真後 24 小時後致電讀者服務專線確認訂單

傳真專線:(02)8751-5939

請　貼　郵　資

11492　台北市內湖區瑞光路 583 巷 30 號 7 樓
有樂出版事業有限公司　編輯部　收

---------------------------------- 請沿虛線對摺 ----------------------------------

有樂出版

樂洋漫遊 05　《莫札特，前往布拉格途中》

填問卷送雜誌！

只要填寫回函完成，並且留下您的姓名、E-mail、電話
以及地址，郵寄或傳真回有樂出版事業有限公司，即可
獲得《MUZIK古典樂刊》乙本！（隨機贈送期數，價值
NT$200）

《莫札特，前往布拉格途中》讀者回函

1. 姓名：＿＿＿＿＿＿＿＿，性別：□男　□女
2. 生日：＿＿＿＿＿＿＿ 年 ＿＿＿＿＿＿＿ 月 ＿＿＿＿＿＿ 日
3. 職業：□軍公教　□工商貿易　□金融保險　□大眾傳播
　　　　□資訊業　□製造業　　□服務業　　□學生　　□其他
4. 教育程度：□國中以下　□高中 / 職　□大學 / 專科　□碩士以上
5. 平均年收入：□ 25 萬以下　□ 26-60 萬　□ 61-120 萬　□ 121 萬以上
6. E-mail：＿＿＿＿＿＿＿＿＿＿＿＿＿＿＿＿＿＿＿＿＿＿＿＿＿
7. 住址：＿＿＿＿＿＿＿＿＿＿＿＿＿＿＿＿＿＿＿＿＿＿＿＿＿＿
8. 聯絡電話：＿＿＿＿＿＿＿＿＿＿＿＿＿＿＿＿＿＿＿＿＿＿＿＿
9. 您如何發現《莫札特，前往布拉格途中》這本書的？
　　□在書店閒晃時　　　□網路書店的介紹，哪一家：＿＿＿＿＿＿＿
　　□ MUZIK 古典樂刊推薦　□朋友推薦
　　□其他：＿＿＿＿＿＿＿＿＿
10. 您習慣從何處購買書籍？
　　□網路商城（博客來、讀冊生活、PChome...）
　　□實體書店（誠品、金石堂、一般書店 ...）
　　□其他：＿＿＿＿＿＿＿＿＿
11. 平常我獲取音樂資訊的管道是……
　　□電視　□廣播　□雜誌 / 書籍　□唱片行
　　□網路　□手機 APP　□其他：＿＿＿＿＿＿＿＿
12. 《莫札特，前往布拉格途中》，我最喜歡的部分是……（可複選）
　　□〈莫札特，前往布拉格途中〉英譯者序
　　□〈莫札特，前往布拉格途中〉
　　□〈莫札特的童年時代〉
　　□〈寫於前往莫札特老家途中〉
　　□聽見‧莫札特
13. 《莫札特，前往布拉格途中》吸引您的原因？(可復選)
　　□喜歡封面設計　　□喜歡古典音樂　　□喜歡作者
　　□價格優惠　　　　□內容很實用　　　□其他：＿＿＿＿＿＿＿＿
14. 您希望我們未來出版何種書籍？
　　＿＿＿＿＿＿＿＿＿＿＿＿＿＿＿＿＿＿＿＿＿＿＿＿＿＿＿＿＿＿
15. 您對我們的建議：
　　＿＿＿＿＿＿＿＿＿＿＿＿＿＿＿＿＿＿＿＿＿＿＿＿＿＿＿＿＿＿
　　＿＿＿＿＿＿＿＿＿＿＿＿＿＿＿＿＿＿＿＿＿＿＿＿＿＿＿＿＿＿

ISBN 978-986934520-0
00320

9 789869 345200

上架分類：音樂｜藝術
旅途價：320元